U0066972

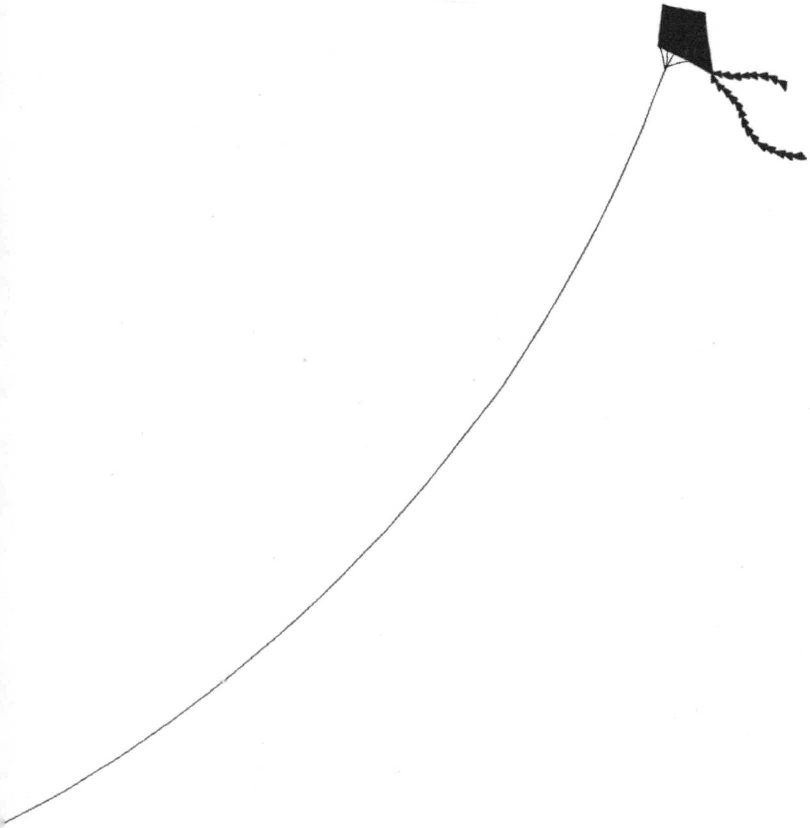

2022臺灣詩選

林婉瑜　主編

輯一　穿越你心中夏豔的森林

輯二　鋼琴墜落在世界的鏡面中央

輯四　時空的光合作用

附錄

《2022臺灣詩選》編選序

闖蕩詩的多重宇宙

林婉瑜

◆

Everything Everywhere All at Once.

每天，世界醒來，世界和疫情、戰爭、暖化危機、洪災、活火山、餘震一起醒來。每晚，我入睡，我和我的意志、我的相信、我的建造、我的快樂、我的疑懼、我的不相信、我的未竟之語一起入睡。

讀一首詩，有人以他的指尖彈奏我心中的鋼琴，黑鍵白鍵是我的、琴是我的，但樂句是陌生的，陌生的音樂響徹心房。有一首詩打開一個超現實情境，有一首詩正進行荒謬劇場，有一首詩如露水映照微世界，有一首詩以多重視角搭建立體空間迴盪抒情語調的音場。當這本詩選裡的許多詩作，來到我眼前，詩人們以遞進的思路和語字的建構僭越，向四面八方開展出，許多情境和空間。

讓單一現實、唯一的現在展開為多重宇宙。

每一天，我踏上那個充滿雜訊的月臺，南來北往許多列車，神祕的移動的眼神持續注視車窗外的我直到，列車和時間一起消逝。一列車載來未完待續的許多懸念（我依此維生），一列車運送初夏之中一小段雪國冬景（我目送），一列車滿載過時的流行用語開往舊日（我悼念），一列車裝載疫情相關報導，車廂內的語詞們也戴著口罩（和我擦身過站不停）。

我也知道那些誤點和擦撞意外。

一列車有14節車廂，一節車廂就是一個詩句，我搭上，尋找屬於自己的那個座位，但想起我買的是自由座。靜者恆靜動者恆動，語詞在慣性之中前進，列車減速語詞往前傾，傾倒出詞意。意義滾動，組合；延伸，質變；自我解釋，自我否定。意義生長，同時擁有舊殼、新羽翅，同時展現向光性和長影。

那列車有100節車廂是首長詩，況且每個車廂非常地長，第一句和最末句，已經處於不同的時區，第15～19句正通過暗黑隧道，樂音在第62～79句來回穿梭，第94～100句挑釁的問答引起暴動。

我搭上，搖搖晃晃走向最後一節車廂。查票員來到我面前，我搜出在身體裡流動的幾個詞條，遞給他：「這首詩的六個關鍵詞，我這裡也有，它們互相認識。」

◆文學獎，作為青壯年創作者鍛鍊的平臺，我們曾在過往的新詩獎決審記錄中，看到詩人、詩評家提出他們對於一首詩的想像，這些想像大致勾勒了詩的理想狀態：

「我在評審時，會去看一首詩的獨創性、原創性，作者怎麼把他想表達的東西跟形式、技巧配合起來，還有一首詩的平衡、或者作者故意要它不平衡，這些都好像有一種技術上的內涵在裡頭。」（楊牧）

「我相當在意原創性——語言、技巧、題材和視野的原創性。」（陳大為）

「一首好詩是能將其音樂性、形式、隱喻系統結構在一個有效的架構之中。」（焦桐）

「比較肯定的詩有兩大類，一類是非常大膽，有創意，敢實驗，敢表達，就算寫老病死，也用很新的方式。另一類是可以把我們原本感受到的細微情感再探深細察，把情感指向更幽深的表現；或把我們沉寂已久的某種情緒給勾連出來。」（李癸雲）

新詩史論也曾提出：「詩向來即忌諱模仿與因襲，因此獨創性（originality）與否往往成為品評一首詩好壞或高下的標準。」、「採用新穎而不是傳統或規範的題材、形式和風格進行創作。」（《台灣新詩史》）

綜上可見，原創性、獨創性的重要。避免襲仿因循：創造「不與人同」既新且深的意象、個性化的語言、獨有的情感途徑和信念……，是詩的理想狀態之一。

對我來說，讀詩一部分的樂趣來自：藉著反覆的解謎般思索詩中的邏輯和意象，走進詩人的心理圖景感受其個人美學。

如我在廖人的詩裡，看見某種主詞和反身代名詞的演繹，it and itself、you and yourself：

「你停止演奏／走回自己的身體」（〈二月〉）

「浪花吞噬自身／／放任浪花／盛開千萬個人稱」（〈浪花兇惡〉）

廖人詩裡，「想像」是一個有力量的動詞，紛繁大器的想像，向外建構或向內解構都極具氣勢和穿透力：

「年輕的君王／在曠野／放牧惡靈」（〈二月〉）

「一條魚／如何把河游破」（〈無題14〉）

「熱了就脫／冷了穿／一些式樣充滿創意／穿你身上不見得好看／／也有人穿你／導致過敏。／／將你穿得好的／亦是大有人在」（〈無題9〉）

詩不是不合理、無來由、無法觸及的事物，詩中提出的邏輯和秩序不合常理、常規，其中卻有詩人特意發明的，新的理則和邏輯。

林宇軒首部詩集《泥盆紀》有許多靈動特出的詩句，如〈寫詩指南〉：「這裡的星星必須遵守格律／暗暗明明暗暗明」。如〈有些東西不能在學校推廣〉：「法院好忙，大家都不尊重彼此／蘋果侵犯牛頓的睡覺權／牛頓侵犯地心引力的隱私／地心引力侵犯大氣層的自由／大氣層侵犯隕石知的權利」。本書收錄〈基礎樂理〉，四個韻像四個音符輪流出現，以音韻帶動詩行進。林宇軒樂於敢於嘗試，且經常帶來活躍的、突破性的觀點。

詩的可能性，題材、意象、形式、語言、思辨的起點，迎面而來無限的可能性——除非畫地自限。夏宇《88首自選》這部詩集的每一個版本，刻意裝載了不盡相同的內文，動搖自選集的定義，第五版的書介寫著：「七首新寫但是等待修改的詩。發表草稿是為了更容易觀看它們怎麼變化；觀看／被觀看，意識到觀看／被觀看；當一句詩受到干擾，另一句瞬間感應，儘管兩句詩最終朝向相反方向，詩已經改變了。量子糾纏的小小範例，提醒我，詩改來改去有多快樂。」一直以來夏宇以其內容、形式、裝幀、行動……顛覆了許多刻板印象，把詩的腹地推得更廣更遠。

◆

1970 世代詩人，曾被視為受網路興起影響而陷入書寫困局或侷限於現代主義。拉遠距離觀看，潮流或環境的改變，並不是只有某一世代作者身處其中，是所有作者都身處在新起的大環境中。所以我們會讀到蘇紹連、向陽等前行代詩人以網路特質創作網路詩；而興起於網路時代的 1970 世代詩人李長青，持續經營至今的卻是台語詩。

曾有小部分的台語詩，喚起我這樣的困惑：這其中沒有詩的意象或象徵，只是把富有情感的一段中文，寫為台語詩作。李長青的台語詩靜中有風韻：

「有時陣，離開是為著會當／繼續佇路裡，有時陣／離開是單純向望／世間猶閣有一位毋知影名的／所在／／親像徛佇無風的邊岸／眼前，一團一團／豐沛的雲峰佮濤聲，色水清朗／明瞭，就是一蕊一蕊／應答的新花」（〈離開〉）

110 年大學學測，陳雋弘的詩〈籃框——與我的學生們一起倒數，七十六天〉成為學測的國文科試題。陳的詩初期帶來清新悅人視角，後來發展更多面向，擅長以明淨語言表現智性的概念，如本書收錄〈讓我們把它填滿〉：「你說的是什麼呢／但必定是錯誤的／閃耀皇冠／戴在一千個上帝的頭上／他們確實打算收回／那斷牙之象、畸形之羊、長角之馬／（甚至還有那顆紅氣球……）／只留給你美的定義／並且證偽了／標準之外的所有東西」。

解昆樺的詩〈在囚獄中獲致潔淨的光〉則是112年大學學測的國文試題。

騷夏寫情感和性別的詩一向前衛、魅惑：「在她瞳孔的花邊我看見／她的欲望／晝短夜長／她用她的美感／在黑暗中搭蓋一棟充滿破綻的建築物／是為什麼我會有這樣的想法／還是想要進入／還執意想入住」（〈冬天發生的事〉）。

許多強烈的情緒和身體感：

「在信任的谷中走路，含著刺痛的果殼走路」（〈秋天來玩〉）

「被疼愛的賊跌了一跤／看著自己逃逸的痕跡」（〈被疼愛的賊〉）

「我是空中的老鼠／是無鱗的魚／沒有毛／住在地底熔岩熱烈活動的國家／／我 還會啄你」（〈還好的交談〉）

使詩充滿了改變狀態的活化能。

楊瀅靜的部分作品，不斷被轉傳分享，以直覺擊中情感危樓如〈一個人也可以〉：「不能太勇敢／那麼他們會以為你／一個人也可以／／『一個人也可以。』／在不可以的時候／常常想起這句話」。她的詩藝在較長的詩中更加展現，潛意識如衣如縷穿戴在真實時空，如〈在柵欄落下之後〉：「恍然間明白她的生活／不是落下柵欄，就是落下風雨／在躲雨的傘下瞥見生鏽的傘骨／瞭解了困頓可以是形而上，也可以是形而下／而她內外皆具，皆懼」。

本書收錄〈外婆腦海的風景〉，火車意象陸續出現，失智外婆丟失有關家人的記憶，強烈如電影魔幻視覺：「陽光和陰影交換，明暗地磚交錯成軌道延展出來」、「她的腦海浮現一座車站，又送行我們離開」、「在那個節骨眼，所有的家庭成員排排坐在樹枝上／有胖有瘦，高低錯落，樹枝有斷裂聲響／我們跌落樹外，又變回火車上的旅人／集體通過她的腦海，過多的記憶使她變形」。

本書共收錄 14 位 1970 世代詩人，索驥其創作風格的多樣多變、鮮明的設計和方向性、美學的開創、能見度和影響等。

◆

詩擅長拍照，詩是一種照相術。

（照相術發明之初，傳說「拍照會攝走人們的靈魂」。）

讀一首詩，詩的字裡行間，正以光的快門拍攝閱讀者的靈魂。光的快門一眨，閱讀者（伸手往身體內部摸索確認靈魂還在之餘）感覺自己被分析，飛機雲被流體力學分析。

光的快門再眨，自己成像在別人的生命情境裡，見所未見、理解陌生。

光的快門一閃，閱讀者被詩中的獨白者出聲叫喚，被公理和正義游擊，被言志和永言的過渡過渡。

世界極其需要這些刺點 punctum 般的詩句：

「你不是刺刀下的第一個死者，也不是最後一個反抗者。／你不是滑落台階的第一個嬰兒，也不是滾下的最後一顆頭顱。」（楊小濱〈後絕句：敖德薩台階上〉）

「『請保留票根……』／的目的是？前往／下一場地震？／下一個地球？」（鴻鴻〈觀《布蘭詩歌》遭遇強震〉）

「這裡的火山爆發了／那裡的沙塵暴又席捲／病毒從遠方／倏忽來到鼻孔／沒有誰，可以拒絕呼吸」（吳晟〈我們呼吸同款的空氣〉）

「一條路下去是公家機關：400m。一條路下去是病院：250m。／我哆嗦，且懷抱一些『活的任務』返程」（馬翊航〈郊山行——某主婦仲夏福州山步道漫賦兼致年少友人〉）

「百年了，榮耀、返鄉／棄置、汙漬、寶愛、塵封／而今重新站立／展場以扇形屏障／窗外是疾駛而過的捷運／你也看著這21世紀的風景麼」（洪淑苓〈百年・甘露水〉）

「一片沙漠／裡面有草原／再裡面是海洋／再更深處／就是無人島」（沈眠〈醫藥〉）

「火焰的翅膀緊裹著他／劈里啪啦的掌聲／一名熾天使／正為他剪除自己無限的羽翼」（曹馭博〈火柴〉）

「一切由明轉暗，有一個影子／吃下整座城市的夜晚，她的臉頰上有日日櫻嗎？」（林佑霖〈等待繆斯〉）

「她與展間油畫一樣，漸漸睏倦／將體內的色彩全數釋放」（曾貴麟〈孤獨的遊戲2〉）

「一袋米要扛幾樓？天道培因炸出了一個大空洞，一袋米要扛五十七樓／我們就生活在空洞之中。我埋首寫字，顏冂大喇喇地靠過來」（洪萬達或台中慶綺〈一袋米要扛幾樓〉）

「變態與／愛戀／兩個詞，為什麼會那麼相似？／空無一人的線上會議室／延遲了一些的回聲」（張詩勤〈變態自白〉）

「不好意思，一時盛花開滿／／另外還持續採收／『對不起』、『請原諒我』、『謝謝你』、『我愛你』」（余欣娟〈不好意思〉）

「一個棕髮帥T走過來問我的稱謂／我盲目翻找我的中文詞典／我是人也，女也，X也，還是 ta？帥T狐疑地走掉／我是想這麼聊天的：」（黃岡〈華語酷兒 Sinophone-Queer〉）

「掌心的血還在流淌／詩知道，詩給我安慰」（湖南蟲〈詩給我〉）

「陽光又開始新的嘗試／丈量天空的高度」（阿布〈抱嬰兒清晨散步〉）

「從山下一路逃亡／雨在我們身後結成不透明的霧」（蔡文騫〈植物園裡的蕨類〉）

「流浪的瞽者，一位吟遊詩人／揪住夜的脖子，追問心與眼的歸屬」（李蘋芬〈一道影子與我孿生〉）

「二是一後面的／接近時複數，拉遠時單獨／我是妳無可割捨／又難以承受的／幻視，影子」（靈歌〈屬於所有〉）

「喜歡綠色　喝醉的時候喜歡紫／喜歡早上的公車　早上的公車比較深，她說」（蕭詒徽〈她喜歡霧——致Ch〉）

「此刻這首歌／就是我的名字」（陳繁齊〈睡前〉）

「在你的內在或是外在／我們可以回到最初的朝晨／通透而遠離」（蕓朵〈像雨〉）

「如果夜空抖抖它的口袋／沒有月亮、也沒有星星」（李時雍〈如果冬天〉）

「媽媽的乳頭漬成藏青色／嘴唇是黔紫／鼻子是陰沉的霧號」（潘家欣〈藍色的媽媽〉）

「彷彿按錯響鈴下錯樓層／在旅途中又愛錯了幾個人／我抱著小孩想問上帝／這是否是一趟無重力航程」（張寶云〈宇宙曆〉）

◆

疫苗的發明、接種，使2022成為COVID-19疫情緩解的一年，但至今龐大的病例數和死亡人數，還是在全世界帶來巨大創痛。封城、居家隔離、自主管理，也許多年後將成為陌生塵封的回憶。但疫情這幾年的社會狀態和生活型態，較之過往出現巨大差異。

一直以來，大眾對於公部門的監督和針砭，是必須的。但，也不乏有心人士以謠言和道聽塗說來抹黑執法機關。這裡以幾則執法機關的新聞，反應鑑照近年的社會景況：

「『假訊息』透過計畫性分工層層轉傳散布，深入社會各階層，傳播錯誤認知。調查局資安工作站為釐清民眾是否有配合該等假帳號之惡意行為，於2021年12月會同相關處站進行約談查證，所幸多數民眾均是在未經查證或無法辨識真偽的情況下，進行轉傳。」

「2022年詐騙手法前3名，分別為『假網路拍賣』、『假投資』及『解除分期付款』。」

「2022年3月在基隆某貨櫃場，境外申報進口之7架鋼琴包裝木箱底部棧板、挖空夾層內，調查局查獲夾藏約107.6公斤之第三級毒品愷他命，後再溯源追查，將貨主緝獲到案。」

「2家廠商因 COVID-19 疫情嚴重，認為有龐大獲利商機，乃研發需要經過醫護人員抽靜脈血檢測之新冠病毒抗體快篩試劑，惟擅自於包裝中加入採血針、仿單等未經核准內容物，使民眾誤認該等快篩試劑係合法用品，可自行在家採血測試。調查局搜索並查扣未經食藥署核准之採指尖血快篩試劑成品2萬9,782劑、快篩試劑卡殼半成品109萬1,600劑。」

一本書的篇幅仍屬有限，對於此次未能收錄的詩，懷抱歉意。並且謝謝這部詩選裡，每一首詩的微妙、鮮活、深邃、力量，使大病初癒的2022在精神上、在文學的成果上成為豐富而多義的。

輯一
穿越你心中夏豔的森林

關於夏天的說法

林瑞麟

貓別過頭
做了很多解釋
落花有意介入牠低調的
並不適當的修辭
一如我想告訴牠：
「雨停了之後，我在林間小徑
遇見那位曾經抱著你，
也抱過我的女子。」

風的語言總是缺乏字幕
陽光下，花與樹產生歧義

5月5日，《人間福報》副刊

詩人簡介

林瑞麟。臺北人。苟且的正職良民。淡江大學英國文學系。小說、散文和詩散見報紙副刊及詩刊。曾獲鍾肇政文學獎新詩正獎等幾種。著有詩集《我們被孤獨起底》(聯合文學)。

詩作自述

天氣是徵候，是一種時間與空間的現象。天氣的現象寄生於情感，然而情感並不科學，是心靈與感應的問題，絕對的私密，並且存在著明顯的個體差異。大地萬物因著天氣生息與凋滅，抑或為情感演繹的觸媒，所見所聞所感受的是直觀的，因著多元表述而精采。

海蝕洞

然靈

當我想沒入海底，海只是化身為豚，穿透我，共有一顆心臟。

胸口的海豚拖曳著我，我們形成一個X，用否定肯定一座海的憂傷。

我應允海豚帶著我的心離開，胸口的破洞鑲嵌過許多動物，我一次次活、一次次感受到死……

直到你蜷縮在那，彌補了我的無心之過。

11月5日，個人Facebook

繪圖：然靈

詩人簡介

然靈，生於雨城基隆，現居臺中。靜宜大學中文碩士。曾任編輯、中學國文教師。現為文字、插畫設計工作者、靜宜大學兼任教師。

曾獲林榮三新詩獎、時報新人獎等等。著有散文詩集《解散練習》，詩集《鳥可以證明我很鳥》。

詩作自述

心是一張畫布。我塗塗寫寫，任萬物來去自如；那些捨不下的，得一寫再寫，成為旅途。是詩教會我——將心比心。

二月

廖人

花樹吵雜
暴力安靜

周身清冷
蛇進入鋼琴

天空是沒法寫生的
少年憂真
憂不真

年輕的君王
在曠野
放牧惡靈

看洪水
高高站在岩壁上
你停止演奏
走回自己的身體
穿過破碎的鏡子
面向
三千個中央
來往的風都被切開
你是音樂
以萬物為懸崖

2月28日，個人Facebook

詩人簡介

廖人，著有《浪花兇惡》、《13：廖人詩集》。
本名廖育正。1982年生於臺北。現任教國立成功大學中國文學系。詩作英日譯收入Asian Poetry Collection “Voices from ‘A’ ” (Vol.2)。

詩作自述

對世界煩了，就去一個你能看見我的地方。

藍色的媽媽

秋天到了
媽媽會變成藍色的
一開始是頭髮有點雲絮
然後是手指頭
化成天空藍

媽媽會皺眉
說肚子痛
肚子變成一道道海浪
我和妹妹在上面跳舞
晃來晃去，好好玩呀
媽媽的腳染上孔雀魚藍

潘家欣

床單被弄得濕濕鹹鹹

媽媽的乳頭漬成藏青色
嘴唇是黔紫
鼻子是陰沉的霧號
她給我和妹妹各一個
藍莓色的吻
說
媽媽要去旅行
她的眼睛也變色了
變成暴雨前的煙灰

媽媽大概會藍兩天
我總擔心她變不回來
又有點期待她變不回來

藍色的媽媽很美
而且不逼我吃飯
還給我們買大包的小熊軟糖
我和妹妹嚼著軟糖
藍色的媽媽癱在窗邊
她一年只有這兩天會發光
一閃一閃的
像兔爺爺的燈塔

《聯合文學》雜誌二月號

詩人簡介

1984年生，臺南人，繪畫與文字多棲工作者。著有詩集《妖獸》、《失語獸》、《負子獸》、《雜色》、《珍珠帖》；藝術文集《藝術家的一日廚房：學校沒教的藝術史：用家常菜向26位藝壇大師致敬》；插畫作品有《暗夜的螃蟹》、《童言放送局：日治時期臺灣童謠讀本（2）》、《虎姑婆》等。

詩作自述

當母親憂鬱時，孩子們看得見嗎？孩子眼中的藍色為何？也許一個平面簡短的故事、一幕欠缺臺詞的畫面，那畫面也是母親給予的禮物——有的禮物通透且富韻律，有些則吱嘎作響且隱澀底告知：人生某些時刻，是會割人的。

鉢

零雨

早上，我把詩端來，吃下三碗飯
晚上，我放入痰、咳嗽、洗澡水、憂鬱

這是我和M不同的地方
她忠於一種家族的遺傳，把整個鉢接下
吞入所有的辛酸

在家屋的特殊角落（——祭壇）
恭恭敬敬，戰戰兢兢

我也接收了一半，最多一半
——況且，我用不同的鉢

況且，我不聽話
我捧著那鉢走出去。沒等他們的命令
我已上路
啊灰色廟宇的旅途
迢遙且孤單
——只能如此，以自己
炮製的語詞為樂
且等著我啊，塗上別樣顏色

《女兒》，2月，印刻出版

詩人簡介

臺灣大學中文系畢業，美國威斯康辛大學東亞語文研究所碩士。1991 年哈佛大學訪問學者。

曾任《國文天地》副總編輯、《現代詩》主編，並為《現在詩》創社發起人之一。1992—2021 任教於宜蘭大學。

著有詩集：《城的連作》、《消失在地圖上的名字》、《特技家族》、《木冬詠歌集》、《關於故鄉的一些計算》、《我正前往你》、《田園／下午五點四十九分》、《膚色的時光》等。最新詩集《女兒》2022 年由印刻出版。

後絕句：敖德薩台階上

楊小濱

你不是刺刀下的第一個死者，也不是最後一個反抗者。
你不是滑落台階的第一個嬰兒，也不是滾下的最後一顆頭顱。
你不是第一個驚恐的母親，也不是最後一個美少女戰士。
你不是第一個轟然倒塌的雕像，也不是歷史懸崖下的最後一個瘋子。

3月10日，《自由時報》副刊

詩人簡介

楊小濱，中研院文哲所研究員，政治大學教授，《兩岸詩》總編輯。曾獲《現代詩》第一本詩集獎、納吉・阿曼文學獎、胡適詩歌獎等。著有詩集《穿越陽光地帶》、《楊小濱詩×3》、《到海巢去》等，論著《否定的美學》、《中國後現代》、《欲望與絕爽》等。近年在臺北當代藝術館舉辦「後廢墟主義」個展。

詩作自述

新沙俄在烏克蘭的暴行，不得不令人聯想起百年前愛森斯坦電影《波坦金戰艦》中以敖德薩台階為背景的，令人震驚的經典蒙太奇場景。

過站提示音

漫漁

親愛的乘客
如果聽到這個廣播
您已經坐過所有的站了

這裡是盡頭的盡頭
所有的開始在此結束
所有的結束在此開始

請勿驚慌失措
就算到了自己原本要去的地方
也就是
在課堂考完無聊的聽寫

在沒有窗的辦公隔間打報表
採買煮好也沒人回家吃晚飯的食材

下車時
請忘記隨身攜帶的行李
每到一站就累積一些的包袱
通通可以拋下

建議您不要在站口打卡或自拍
因為
偶爾忘記　自己是誰
才能想起　要去哪裡

Facebook《新詩報》專欄，
後收錄於《乾坤》詩刊 冬季號

詩人簡介

漫漁，本名李佩琳，臺北市眷村小孩，長居香港， 斜槓寫作人／語文教師／小農文創工作者／貓奴。臺灣詩學及野薑花詩社同仁，《乾坤》詩刊編輯，podcast《到站提示音》製作主持。曾獲臺灣詩學散文詩獎，時報文學獎，臺中文學獎，乾坤詩獎，星雲文學獎等，小詩選入 2023 年臺北文學季公車捷運詩文。 詩集《剪風的聲音》。

詩作自述

〈過站提示音〉簡單來說，是一首叫人學習「放下」的詩。我試圖在日常大眾捷運車廂內，營造村上春樹式魔幻寫實的情境——當原本汲汲營營的你，不知不覺錯過了目的地，來到「世界盡頭」，會如何？原本目標明確的你，發現前面的努力其實也不太重要，又會如何？也許，暫時放下，暫時不把世俗的價值放在首位，能夠找回自我。

外婆的bunun

Pering Nokan

我喜歡聽外婆說故事，她說的每句話
都因自己的不理解成為詩
而這些是很久以前的故事了

有一次外婆與我的母親吵架
她說：
認真⋯工作⋯你
很好⋯身體⋯小孩們
沒有⋯舌頭⋯以後
母親說：
不同⋯世界了⋯工作⋯一直
錢⋯沒有⋯工作⋯吃甚麼

過去了…就…我們…過去了
讀書…沒有太陽…小孩們

那時我喜歡偷偷地去外婆家
有天，她帶我到小小的房間裡
她說：很乖…你…很聽…老人的話…你
我說：我，頭腦，是，不好。
她說：不好…頭腦…我的。很重…舌頭…你的…輕一點
她從木製舊盒裡拿出手指大小的棍子，說：
問…不見了…東西…它…，bunun[1]…是…它
黏…手上…有
掉…地上…沒有
問…它…你

我說：我們的衣服還在嗎？

掉落的 bunun 慢慢地滾到外婆的整經架旁
她說：甚麼…說…你，用…舌頭…我們的…再一次
我說：衣服，我們的，還在？
bunun 直直地黏在外婆的食指上

後來有一位頭髮跟 Awe[2] 外婆一樣白的長輩 Pawan[3] 來拜訪
Pawan：Awe！迷路…牛…養了十年了，幫忙…一下…你
Awe 外婆：哦！問…你…先
Pawan：活著…牛…我的…還在嗎？
Awe 外婆：活著…牛…Pawan 的…還在嗎？
bunun 直直地黏在外婆的食指上
Awe 外婆：活著…牛…你的…還在。問…你…繼續
Pawan：在土地…Pering[4] 的…牛…我的…嗎？
Awe 外婆：在土地…Pering 的…牛…他的…嗎？
bunun 墜落到了地上

Awe 外婆：沒有…在那裡
Pawan：在土地…Walis 的…牛…我的…嗎？
Awe 外婆：在土地…Walis 的…牛…他的…嗎？
bunun 直直地黏在外婆的食指上
隔天，我與外婆就一起在庭院殺 Pawan 長輩給的雞

都是很久很久以前的故事了
母親說要好好工作，於是我好好地工作
一直到母親頭髮白得像外婆一樣
以及她的孫子們也都長大了

那一天母親在小小的房間問我
母親：Bakan[5] 去哪裡了我的 bgiya[6]？
我：Bubu[7] 你問我嘛，你問說，還找得到還找不到？
母親：我的 bgiya 找得到還找不到？

我：Bubu 的 bgiya 還找得到嗎？
外婆的 bunun 直直地黏在我的食指上
我：媽！還在，你繼續問問看。
母親：是不是在我 bubu 的織布箱裡？
我：是不是在 bubu 的 bubu 的織布箱裡頭？
外婆的 bunun 搖搖晃晃的在我食指上
不久，母親在庭院給她孫子穿上了自己織的披肩

1 細長的小棍子，約一根手指長。
2 Awe，人名。
3 Pawan，人名。
4 Pering，人名。
5 Bakan，人名。
6 bgiya，織布用工具。
7 bubu，母親。

2022 臺灣文學獎 原住民華語文學創作獎首獎

詩人簡介

Pering Nokan 是 Seediq（賽德克族）的名字，漢名是邱立仁。是來自南投仁愛鄉中原部落的族人，是 Tgdaya（德固達雅群）的 Seediq。爺爺奶奶都是 Paran（霧社往萬大路旁的山坡地）的人。現在是靜宜大學原住民族文化碩士的學生，喜歡每個耆老說著過去的故事，也喜歡跟著前輩們一起記錄耆老的聲音，希望能用簡單且白白的文字，說著他們以前認真聆聽感受的生活。

詩作自述

這首詩是源自於眉溪部落的 Awe Nawi 王蔡桂妹，那時她在課堂分享，過去部落族人遺失了東西（牛、雞等等）會尋找部落的 seediq psbunun（會使用 bunun 的人）來找回遺失的東西。這首詩核心是圍繞在族人使用 bunun（ 約一根手指長的棍子 ）來幫助族人的故事，以及三個世代（laqi 女兒、bubu 母親、bubu na bubu 母親的母親）面對時代變化的心境衝突的轉變。

我現在不需要你了，媽媽

馬尼尼爲

我現在不需要你了，媽媽
現在時速是 291 公里
我在洗衣機裡

那一個故事放在我口袋裡
和我一起飛速
一起變濕爛了

媽媽不用擔心
我終會晒乾自己
乾成一張紙
在風中晃蕩

3 月 18 日，《聯合報》副刊

詩人簡介

馬來西亞華人，苟生臺北逾二十年。

Fb ／ IG ／ website : maniniwei

讓我們把它填滿

陳雋弘

你說的是什麼呢？
有人認為是一頭象
有人認為是一隻羊
有人認為是一匹馬
你是興奮的
想要創造出美麗的事物吧
你關心的是美
他在乎的是物

一切都是空洞的。
讓我們來
把它填滿

用答案填滿問題
用偏見填滿真理
用光明填滿黑暗
用美好填滿悲哀
直至完整
無法動彈

就抵達了數學之境
在他站立的地方
與他站立的地方
不管那是機械蓮花
又或者是永動之龍
不管是矛，或者是盾
一再有人宣稱
他的智慧沒有漏洞

你說的是什麼呢
但必定是錯誤的
閃耀皇冠
戴在一千個上帝的頭上
他們確實打算收回
那斷牙之象、畸形之羊、長角之馬
（甚至還有那顆紅氣球……）
只留給你美的定義
並且證偽了
標準之外的所有東西

詩人簡介

陳雋弘，1979 年 1 月 26 日生，水瓶座，高中老師，喜歡喝綠茶。

大學時開始寫詩，研究所時得過一些獎，後來停止寫作十五年，2019 才又開始寫詩，同年將早期作品《面對》（松濤文社）、《等待沒收》（松濤文社），重新整理編輯為《連陽光也無法偷聽》（三采文化）、《此刻是多麼值得放棄》（三采文化），合成「彼時我們有愛」詩輯。

詩作自述

坐在茶飲店的騎樓圓桌，很快地寫好了這首詩的初稿。開始只是戲作，寫著寫著發現也有嚴肅的一面，便修改成定稿。自己喜歡「閃耀皇冠／戴在一千個上帝的頭上」這樣的句子，還有把「數學」、「機械蓮花」、「永動之龍」擺在一起的樣子。

記憶如此斑蘭

清晨到公園散步
陣陣斑蘭香飄過
忽然好想念外婆
煮的椰漿飯
斑蘭葉喚醒飯香
公園瞬間透亮
肚子咕嚕咕嚕
孩子般吞嚥全世界
此刻看見童年的我
同時抵達未來回望
有些時刻不斷重返
更多時刻隨風消散

周天派

我們只能活這麼一次
這是多麼美好的哀傷
又是多麼哀傷的美好

2月22日，《聯合報》副刊

詩人簡介

生長於檳榔嶼姓氏橋水上木屋。海的孩子，麥兜粉絲，喜歡小孩和詩。色盲，金牛座A型，網球隊，電影社。西子灣大學遊山玩水系，東華大學創作與英語文學研究所畢業。得過幾個不大不小的獎，愛過幾個不對不錯的人。首部詩集《島嶼派》榮獲周夢蝶詩獎首獎。

詩作自述

我是阿嬤帶大的孩子。有時想起阿嬤，就像現在我寫下這些的時候，很難不落淚。這首詩寫於異鄉小島的某日清晨，我到住家對面的湖畔公園散步，斑蘭葉香喚起一次聯覺共感的經驗。童年的餐桌何其重要，一輩子回味不完。生活場景冷酷已是尋常的年歲，生命深處始終有人教你溫暖良善。

那是不可以

李長青

那是午夜的遲疑，暗中有星芒，若隱忽現；那是不小心，放任光圈無限迴旋，逗引草原風吹，路途墜跌。

履痕苔蘚，沉默的語言。

彼是春天，婧佮紛亂（hun-luān）互相湠（thuànn），互相攬，僥心佮咒誓做伙踏，做伙煠；彼是無注文的期限，彼是家己猶活咧的記持；彼是雲，跤跡（kha-jiah）歇過。

那是薄霧蘸抹，那是水氣淺眠，那是吻盈盈影影櫻櫻。

那是山嵐漫過谷地的陌生。那是不可以。

註：

僥心（hiau-sim）：變心。改變原來對某人的感情與心意。

注文（tsù-bûn）：預訂、預約，預先講明或是事先訂購。此詞源自日語。

煠（sa̍h）：以白水煮。把食物放入滾水、不加其他佐料的一種烹飪法。

12月20日，個人Facebook

詩人簡介

華語臺語，都在日常中，也在血管裡。一直想繼續寫散文詩，2023的新功課：混語散文詩。

以華語的熟稔，臺語的心疼。

詩作自述

心裡時常是戰場，也是一個人的情場。心裡許多包廂，顏色閃爍各異；有時候，包廂的燈是關的，時間，很暗。

世事紛繁，人情雜沓，有些可以，有些不可以。

詩給我

湖南蟲

是一個下午吧
我遇見詩
詩凶猛，亮出刀子，在我手掌
劃下深深的割痕
直到現在，那傷口還在流血

那是詩給我的禮物。從此理解了血的語言
血凝固，血剝落，血化為粉末
血在下水道，生鏽
血也在衣服上洗不掉
詩翻譯：愛情和血是類似的東西

別人給不了我的東西
詩給我。在另一個下午，我遇見
另一首詩
詩溫柔，張開雙手，抱我
像一個初生嬰兒本能
像一個哭泣孩子信任
像告別
詩懂我，沒有得到
離開時想要的那個擁抱。詩給我。

在我離開的時候，詩在
在一棵樹裡，樹裡有水流動，水聲是詩
在一張桌子上，雜物堆積，沒有秩序，詩是秩序
在愛人的撫摸裡，那是我最不需要詩的時候了
詩是我的不需要

當我一無所有
詩給我，詩本身。詩人尋找著一首詩
詩尋找我

詩客氣，不翻閱自己；詩冷漠
不解釋自己。詩生活
生活是把一個句子拆成一個一個字
拆成許多筆畫
再組成不同的句子；生活是
剛割過草的綠，剛下過雨的藍，剛燃燒過的灰
生活是透明無色
詩是吹一口氣

詩給我，在十七歲，二十九歲，四十歲
詩安靜

在我需要的時候
別人給過我的一些錯誤的東西
詩包容

洪荒初始，詩和石頭一起誕生
石頭被海浪沖刷成沙
幾乎就要看不見
詩也愈磨愈鈍——
那個下午，我遇見詩
握得太緊。什麼東西握得太緊都是自己傷害自己
掌心的血還在流淌
詩知道，詩給我安慰

12月21日，《自由時報》副刊

詩人簡介

1981年生，臺北人。曾出版散文集《昨天是世界末日》、《小朋友》與詩集《一起移動》、《最靠近黑洞的星星》。經營個人新聞台「頹廢的下午」。

詩作自述

用詩素描過世界，表達過愛意，說過抱歉，也像持鏡對鏡，看自己的後腦杓。詩是碗，是篩，是傘，是藥，也是死後我被一棵樹吸收又落葉的過程。我想寫一首詩給詩，謝謝詩給過我的一切。

走神

一件裙子擁有的水脈
穿上後，動起，無聲的樂音

寂靜支流
脈亦有光

一件裙子怎麼呼吸
是絲的氣息或棉心襯底

底裙成為人體前
身體是空氣

身體是一種含氧物

小令

裙子是看不到的：全賴觸覺而醒活
觸覺飽含空氣。裙子抓摸著腳踝
一路爬上來

裙子貼臍
在癒合的圖騰前
不住地款款
泊泊流動

裙子揚起。建設
水神的小龕
來回構築：走神時常有的
餘波

第 17 屆葉紅女性詩獎優等

詩人簡介

小令，景美人，1991 年生。臺東大學華語文學系畢，專職侍茶數年。著有詩集《日子持續裸體》、《今天也沒有了》、《在飛的有蒼蠅跟神明》、《監視器的背後是彌勒佛》。

詩作自述

想像你沒有穿裙子。想像你開始穿裙子。想像裙子的觸感與你身體之間的空氣感。想像兩者的對話。想像你穿著一條空氣裙子。或國王的裙子。想像你身體裡的水分子。如何被身上的裙子牽引而動。如邀請一支舞。想像你身上最隱密而莊嚴的地方。想像那個地方會如何回應裙子的存在。而裙子會如何接近。如何相互認識。現在，開始想像。

現在這裡（不含詳細紀事）

騷夏

我曾愛過一個你
忘記從什麼時候開始的
像一隻具體的蛇曾經來過
只是看不到牠的腳

我曾愛過兩個你
包含那位
連你自己也不知道的
像開幕兩次的花店
自己送自己花圈

霧像一隻昂起的蛇

曾經來過嗎？
牠脫下一層皮？
牠似乎咬了我的腳
迅速的、無法求證的　侵犯
像被陌生的指甲劃到
真的　有傷口嗎？

晚睡的咖啡喝起來像站崗的兵
一邊保衛一邊自慰
你癱軟的身體
像塊被去水的豆腐
等待新的入味
大蛸料理海女
追追叫的夜鷹
讓失眠的鄰居好想買槍

我曾愛過一個你
你　還有你不知道的你
如今已經沒有這麼肯定
我　真的知道嗎？

忘記什麼時候開始
把床躺成一幅克林姆
浮世繪壁掛就顯得突兀
在所有葡萄酒喝起來都是
奇怪的甜的奇怪年分
好好笑
最後竟然決定搬家
最後一次擦拭落地窗

一如第一次見面

沒有賣完的花
學電影插在槍管上
玩具蛇還有綠色兵人
尚未決定要不要帶走
只知道除濕機
是一定要的

7月18日，《自由時報》副刊

詩人簡介

1978年出生於高雄，淡江大學中文系、東華大學創作與英語文學研究所畢。著有詩集《騷夏》、《橘書》、散文《上不了的諾亞方舟》、2023重新出版華語現代詩史上第一本女同志詩集《瀕危動物》，自我定位為非典型詩人。

任職於《博客來OKAPI》閱讀生活誌、現為《聯合報》繽紛版、《幼獅文藝》專欄作者。

詩作自述

用房子的搬遷，記錄某一段時間、空間、人間，再多的愛意，也只能告別。

外婆腦海的風景

楊瀅靜

衰頹的軀幹有斑駁的黑點，曾有過
鳥語花香的茂盛時光，那時我還小
她頂天立地，濃厚的樹蔭供我乘涼、遮雨
當我逐漸長大，樹還是駝在那裡
逐漸無法庇蔭，我終於高過她

她揮動手，有一陣風吹過
手上的紅白塑膠袋鼓脹，空洞令風呼嘯
裡面的青菜和肉呢，她翻找記憶
遍尋不著今天下午發生的事
但她記得去年物價，肉、蛋與菜物物皆漲
也許因為颱風肆虐？如今好天氣已經棄她而去

各種聲音在樹梢蕩漾，她聽不清楚自己

生活是否讓她失望？我常在想
至少現在她可以忘懷那些失望
樹枝縱橫天空，一格一格切割那些明亮
終於使投射而下的陽光，聚於少數溫熱的地方
我和她坐著一起痛罵，陰影狡猾的抱住記憶
一團糟的隱身於山洞，我們摸黑整理
家庭成員的名字，來訪的客人，發生過的事情
我為她娓娓道來，一一唱名

晴朗灑落，今天仍繼續進行
她愉快的提議：「不如我們晒晒太陽。」
當我是個友善的陌生人，我牽起她
讓熱度暖一下稀疏的頭頂

樹枝被風、鳥、孩子的擁抱輕輕搖晃開
陽光和陰影交換，明暗地磚交錯成軌道延展出來

她反覆的問起每一個家庭成員的名字
包括我，我回答她一再重複的回答
碎碎的音響拼湊出臉，召喚讓我們回來
她的腦海浮現一座車站，又送行我們離開
終於有一天火車不再進站，外面的樹
微微的傾倒，有一支樹杈橫過月台

嶙峋的指骨被這份滄桑包覆
她有預感：「那棵乾枯到近似燒焦的樹，
時間在砍他了。」當閃電劃過
在那個節骨眼，所有的家庭成員排排坐在樹枝上
有胖有瘦，高低錯落，樹枝有斷裂聲響

我們跌落樹外，又變回火車上的旅人
集體通過她的腦海，過多的記憶使她變形
她不在車廂裡，她是孤樹，是山洞

第43屆時報文學獎佳作

詩人簡介

1978年生，東華大學中文所博士，曾得過一些文學獎，出版過詩集《對號入座》（2011）、《很愛但不能》（2017）、《擲地有傷》（2019）、《白晝之花》（2023），短篇小說集《沙漏之家》（2021）。

詩作自述

詩對我有時候是一種想像，如何以詩的形式好好的講述一段情節，一幅畫面。比如說這首，想像失智症外婆與孫子之間的相處細節，並且試圖將生病外婆腦海裡的畫面描繪出來。

醫藥

一片沙漠
裡面有草原
再裡面是海洋
再更深處
就是無人島

不尋常的雲朵
不思議的鳥
不可限量的雨
不計其數的光束
不厭其煩的霧
都在地上走

沈眠

應該往前索驥
或耍賴跑進
相反方向

遊戲正好
夢境像
輪迴的旋律

有人一直
一直在下墜
從天空的中間
從鏡的中間
從城市的中間
從睡的中間

從主題的中間
中間的中間

我們得找到一塊
新鮮的拼圖
正確地
復原整個宇宙
無害的規則

4月18日，《自由時報》副刊

詩人簡介

沈眠，1976 年生，現與夢媧和貓兒子貓帝、魔兒、神踋及一人類女兒禪共同生活。著有詩集《文學裡沒有神》（一人出版社）和短篇小說集《詩集》（角立出版，已絕版）、詩歌寫作計畫《武俠小說》（方格子 VOCUS，已下架）等。獲多種藝文補助、文學獎及詩選。詩作、書評與人物專訪，常見於報紙副刊、詩刊雜誌與網路媒體。擁有「最初，只剩下蜂蜜的幻覺。」：http://mypaper.pchome.com.tw/news/silentshen/

詩作自述

〈醫藥〉屬於系列詩作，係以神怪經典《西遊記》、源於道教法術的地煞七十二變為題而寫，寫於 2018 年。七十二變並非七十二種變幻，而是七十二種神通、法訣。但在我眼中，地煞更像直指愛是地上煞星——愛是凶神，愛是惡煞，愛是地表上最強烈的情感，愛是猛獸，愛是魔幻，愛是毀滅與創造，愛是日常艱難，愛既是術法，也是鬼神之境。於是有七十二首地煞詩，關乎愛七十二種片段、局部、情境、選擇與意志，深入探討愛如祕法，揭露生活裡各式各樣傷害、痛苦、恐怖、碎裂、寂寞等。〈醫藥〉發表於以確診與戰爭為關鍵字的 2022 年，隱隱有奇異的預視感，彷彿數年前的詩歌，終於悲傷而正確地來到此刻。

普快狀態

鄭聿

列車逐漸傾斜
時壞的天氣時不壞
似想起什麼打開窗
邀請海風吹進來

沒有乘客讓座
小孩拉著長輩
即使昏睡與誤點
依舊是每站都停
世界就是這樣運行的
越多人下車的月臺
越多人企望擠上來

世界就是這樣前進的
我未曾移動卻充滿了
不願移動的感受
且觀看天空
龐雜的破碎的雲
像正在團聚
還是已經鳥散呢

偶爾輕淺的呼吸
應和了他人的顛簸
一個念頭起伏成形
在山與海之間
有誰走來
在對號與自由之間
列車長驗票

在平等與普通之間
心中未竟之遊歷
是身旁有個人陪著晃著
餘生共振就算完成了吧
而快車與快樂的當下
依舊是每站都停
讓日常斷裂的
有機會重新接起
讓景色模糊的
足以恢復本來面目
在不需要移動
也能前進的這一刻
保持全車最清醒
陪你最後一個下車

原本的海風呢
趁接近山的時候
從另一面窗出去
成為滿山的風

世界就是這樣
我也是這樣
成為一部分的

第18屆林榮三文學獎 三獎

詩人簡介

鄭聿，1980年生於高雄鳥松，畢業於東華大學創英所。曾獲臺北文學獎、林榮三文學獎等。著有詩集《玩具刀》、《玻璃》。

基礎樂理

林宇軒

醒自琴房，社會已然是一把樂器
任指心換行跳動，輪流敲擊，覆上
黃銅的哆嗦。聲律如水泥
割據沃土，看指法圍起音箱
我聽導聆的使徒如是說：
一位孤獨的樂手正練習擦槍
走火，關於柴房的信物，關於我

如何踏著音階升降，試圖
扣動扳機，聽樂句高速穿過
如煙的松香——發自裸線內部
我單手上膛，在晚市來回伏擊

樂池外的壕地，肩上獵物
奔向琴橋下淨水廠，遠古的技藝
讓弓成為身體，讓弦緊張

回到最初的問題：一把樂器
能否保持沉默？以一種聽不見的聲響
在銅像，在鴿與鷹在華彩的即興裡凝縮
打磨，並上漆，散布於廣場
貪圖更多的我看一棵樹自剖
為了去盛裝，在小木屋
我填入我僅存的靈魂和耳朵

摸算著高把位，迴行反覆
辯證誰真心了解和弦而起立
鼓掌，歡呼——我心裡有譜

當前線的振幅與波長，正對我的襯衣
才頓悟：音樂最多不過一點貪圖，聽街上
陣陣槍響，聽我投向社會的氣力
到底，換來多少的火光

6月14日，《自由時報》副刊

詩人簡介

1999年生，北藝大文跨所、臺大臺文所就讀。《每天為你讀一首詩》成員，2021 臺灣文學基地駐村作家。曾獲優秀青年詩人獎、香港青年文學獎、臺灣詩學研究獎等。入選年度《臺灣詩選》與《新世紀新世代詩選》，著有詩集《泥盆紀》。

詩作自述

一說「詩的格律」是「戴著鐐銬跳舞」，這首詩選擇四個韻依序交纏，形成環環相扣的「鎖鏈式」押韻，嘗試另類的韻式。

輯二

鋼琴墜落在世界的鏡面中央

孤獨的遊戲2

曾貴麟

在打烊前的偏鄉美術館
她與展間油畫一樣，漸漸睏倦
將體內的色彩全數釋放

「快看，即將真空的斗室裡
我們眼淚越流越緩慢，直到——
靜止彷如大氣的晶體。」

9月29日，個人Facebook

詩人簡介

曾貴麟，1991 年生，宜蘭人，淡江大學中文系、東華華文創作所畢業，作品有《夢遊》、《城市中的森林》和《人間動物園》，策畫展覽《25 時區》（2015）、《人類世：河神之女》（2021）。

詩作自述

〈孤獨的遊戲〉系列作品之一，寫生活裡蘊藏的機制，機制內部總有人間的奧義。詩作寫於台東美術館的江賢二藝術展，走出色塊構成的展廳，看見日照在建築體映出的光暈，心想這份偶得也是展出的一部分吧，即將閉館的廣播響起，一瞬美麗亦將被館藏，想到曾經陪同觀展的人，肩並肩凝視每幅畫作最初的奇異時刻，全數被闔上，存在印象的密室裡。

她喜歡霧——致Ch

蕭詒徽

她喜歡霧
喜歡大雨時無恙的窗戶
喜歡對著窗戶問　或其實對著雨
一次好幾個問題

喜歡剛剛與袖子重逢的手臂　被部分髮絲背叛的髮型
喜歡堅信一件事情二十分鐘
喜歡綠色　喝醉的時候喜歡紫
喜歡早上的公車　早上的公車比較深，她說
她喜歡用盡全力在有限的人生裡
把某個人忘記　喜歡左右勝過先後
喜歡時間　她知道時間並不傷害我們

只讓我們傷害彼此

她喜歡想你
我必須承認她有時候喜歡想你
因為你不在這裡　她不喜歡想我
她要我在　大雨時一起在窗戶裡
被霧清楚地看見
被霧喜歡

她要我們一起被霧喜歡
有時候她想念你是霧　霧只有遠看的時候是霧
其他時候她都不在乎

4月6日，《聯合報》副刊

詩人簡介

蕭詒徽 iifays.com

生於 1991。作品《一千七百種靠近 —免付費文學罐頭輯 I —》、《晦澀的蘋果 VOL.1》、《蘇菲旋轉》（合著）、《鼻音少女賈桂琳》、《Wrinkles——BIOSmonthly 專訪選集 2021》（合著）。網誌：輕易的蝴蝶。

詩作自述

本詩應《聯合報》副刊 2022 年「寫給情敵」專題邀稿而作，發表時似乎被認為是純情之言。然其實，明白的人就明白，這寫的是她此刻醒在我們的床上要穿衣了，實為一首唱聲（tshiàng-siann ／嗆聲）詩。而人生一樂，在於情敵因閱讀能力不足而以為你很純情，是為後記。

看不見的那些

嚴忠政

花最懂感謝
謝了就是作品；
除了檸檬和桃李
詩歌指向其它

帶你的觸覺到結果之外
帶你的影子感覺燙；
你怎麼沒有想過日出和醒來
都有可能是意外

風簡單通過公園一排木椅
沒有坐下來；

你為什麼坐了下來
路燈字體粗明
看不見的還是看不見
今天的葬禮被明日的葬禮圍繞
性和政治站在旁邊
很多人都說出了一些道理
很多人同意他們的權力
極少數煤煙
通過隧道筆記
時間回應時間
會有一次，樹影破窗

《創世紀》詩刊 冬季號

詩人簡介

嚴忠政，臺中人。曾獲2002年、2003年聯合報文學獎，2004年、2007年時報文學獎，著有《黑鍵拍岸》、《前往故事的途中》、《玫瑰的破綻》、《失敗者也愛——The Sea》、《年記1966：交換日常》、《時間畢竟》。

詩作自述

我喜歡的作品，或者有意義的「事件」，不會只在於「果實」那樣的結果或答案。我喜歡那些歷程、困惑，或者一切都變得可以碰觸，但又不是那麼理所當然。

真相是甚麼？我們目擊死亡，也目擊性和政治——當它們都像權力或時尚一樣被流傳，或許只有詩歌是像影子那樣，在最黑暗的地方留下了筆記。

重生

游善鈞

他們說
今天的雨，很危險
碰到一滴就會把整個人砸碎

總有人不相信
說自己堅強
一出門就再也拼不起來

聽見響亮的人
拿著掃把和畚箕，沿著騎樓伸長視線
把天空愈放愈放愈遠愈遠——

難免夾雜別人的碎片
難免少掉自己一些
我們都是對方的新的舊的體驗

3月22日，《自由時報》副刊

詩人簡介

著有詩集《還可以活活看》、《水裡的靈魂就要出來》。詩作曾獲周夢蝶詩獎、林榮三文學獎、鍾肇政文學獎、臺灣詩學詩獎等。

詩作自述

我們的不同，是相同的。

與詩人到濕地

蘇紹連

發生在前往濕地之途
你遇見詩人，姓名二個字

與詩人握手，你感受到
他掌心皮膚的紋理像根鬚蔓延到你的手臂

詩人面對濕地
雙掌併成一隻蒼鷹的剪影
從手指尖端，毅然飛出去
掠過濕地

夜間的濕地

蟹與非蟹，貝與非貝
還有詩人的文字與非文字都靜默了
像是爬在梳子上的月光
你不知曉

詩人釋放自己的雙鞋
那會成為什麼
走成一行淺淺浪潮？
還是想向內心的幽暗處
漂流而去

濕地上，生物驚醒
奔走與遷移，慌亂的詩句
像彈塗魚彈跳
水黽在詩的表面張力失去前

快速擴散自己的痕跡
你試圖模擬

詩人走了之後
你忘記了詩人是誰
但只知姓名二個字
不是洛夫、不是商禽，不是楊牧
會是濕地？

8月29日，《自由時報》副刊

詩人簡介

蘇紹連，現代詩人，致力於臺灣散文詩、超文本數位詩、無意象詩、語言混搭詩及攝影詩學的創作，近著有《無意象之城》、《你在雨中的書房，我在街頭》、《非現實之城》、《我叫米克斯》、《曠遠迷茫：詩的生與死》、《攝影迷境》等書。

詩作自述

寫詩人如何走入濕地，如何將詩意棲息於濕地，如何離開濕地。

等待繆斯

林佑霖

我沒見過繆斯。通往排水孔的漩渦中
一小撮陳屍的髮，她有著雲母的頭髮嗎？
離開黃昏的瞬間，一切由明轉暗，有一個影子
吃下整座城市的夜晚，她的臉頰上有日日櫻嗎？
光線穿透圓框眼鏡、凸眼金魚的水缸、波紋的
雪紡長紗裙，光線會受阻於一對修長
且健壯的小腿肌嗎？苦楝落了一地而
氣味——生命死去的芬芳挾持我
繆斯是不是恰好經過了這裡？

我從沒，從沒見過繆斯
她此刻正在我門外來回踱步，沒有敲門

我知道，她從不自大門進來

8月17日，《聯合報》副刊

詩人簡介

1995年生，畢業於國立東華大學華文所創作組。曾獲林榮三、打狗鳳邑、後山、教育部文藝創作獎等文學獎；及文化部與國藝會創作補助。現經營網路書店：昨日書店。

詩作自述

身為創作者，我們總在等待繆斯的降臨。
等她從生活中某一個細小的縫隙走向我們。

不好意思

余欣娟

不好意思，這把蔥可以送給我嗎？
不好意思，踩到你的痛了
不好意思，作業可以借我抄一下嗎？
不好意思，讓你這次得不到了
不好意思，我做錯了
不好意思，你可以長醜一點嗎？
不好意思，把你當祭品了
不好意思，我沒那個意思
不好意思，一時盛花開滿

另外還持續採收
「對不起」、「請原諒我」、「謝謝你」、「我愛你」

11月12日，個人Facebook

詩人簡介

余欣娟，臺北市立大學中語系教師。詩作散見於《臺灣詩學》、《創世紀》、《乾坤》詩刊。著有《心遊萬仞——現代詩的觀看模式與空間》、《明代「詩以聲為用」觀念研究》以及《一九六〇年代臺灣超現實詩——以洛夫、瘂弦、商禽為主》、《風櫃上的演奏會：讀新詩遊臺灣》（合著）、《走入歷史的身影：讀新詩遊臺灣》（合著）。

詩作自述

語言在不同情境下，會產生各種表述意義。據說臺灣的語言特色之一，是擅長以「不好意思」作為起手式與開頭語。想像：滿城喃喃祝禱，宛若開滿語言之花，一幅幅正直善良且理所當然，但卻多半將內情括弧置之。這些尋求寬恕跟諒解的語境，不知充滿了多少的故事情節。

觀《布蘭詩歌》遭遇強震

鴻鴻

大地沉靜時
我們總想高高躍起
大地一旦波動
我們卻只盼踩緊腳跟

命運之輪
偏與地球轉動相逆
你用日夜交替孕育新芽
我將富貴貧賤一同輾壓

生命的跑馬燈來不及數算
只記得口乾舌燥一生

愛人遲遲不來
唯有劣酒潤唇

「請保留票根……」
的目的是？前往
下一場地震？
下一個地球？

呼吸暫停的片刻
吊燈在晃，剛撥的弦在餘響
向深淵直線下墜的天使
順手接住一隻從岩壁滑落的毛蟲

9月26日，《自由時報》副刊

詩人簡介

鴻鴻，詩人，劇場及電影編導。曾獲吳三連文藝獎。出版有詩集《跳浪》《樂天島》等九種、散文《阿瓜日記——八〇年代文青記事》《晒T恤》、評論《新世紀臺灣劇場》及小說、劇本等，主編有《衛生紙+》詩刊。現主持黑眼睛文化及黑眼睛跨劇團，並擔任臺北詩歌節、人權藝術生活節策展人。新作為改編自黃靈芝小說的歌劇《天中殺》。

詩作自述

2022年9月18日下午，全臺遭遇強烈地震。我刻在國家戲劇院內欣賞簡文彬指揮的劉鳳學舞作，巨大水晶燈在滿座觀眾頂上搖晃。演出暫停，先遭疏散，再返回重新演完。詠歎現實的藝術遇上現實災難，不可能無感。次日在餘震中完成詩作。

屬於所有

靈歌

太陽是晴天的（兒語）
月亮是夜晚的太陽（老詞）
雨是雲被黑過的私生子

二是一後面的
接近時複數，拉遠時單獨
我是妳無可割捨
又難以承受的
幻視，影子

「是」太頻繁，還有「的」
字要消除用橡皮擦，人也可以

修正液塗白，或塗黑，也可以
在二個「是」之間插入否定：是「不」是？

我們之間有時難以選擇黑白
而成為灰色的
地帶，可以寬也可以窄
它震顫，它互撞隆起而成為
地震帶，是地質不穩定的
成為我們之間的喻依

像生活，我是這些的：
是海浪吐回岸上的魚
是操作沖床反被切斷的食指尖
是翻砂的木模
曾經墜落沒死透的鷹架

如今，分秒城市的經濟
穿梭接送，成為您每一餐的鼎沸

像這些人，我也有夢：
白天外送，夜晚斜槓守衛（奔波後的喘息）
平日廚師，休假日農夫（體會烹調的歷史）
正職機械操作工，兼職學木工（預留一條退路）
有時白天很黑，有時晴天下雨
斜槓再斜槓，頂住牆撐起屋瓦
圈一個家養小孩

而現實的我：
頂樓租屋違建，命格屬火
河岸租地種植屬水
我是水火不容的

漂萍與灰燼

離開妳又回頭
在夢中簽下賣身契或許可以讓渡所有權給妳
給妳不僅是虛詞，還有我所有的
堆積再輾壓的生活

《人間魚》詩生活誌 第8期

詩人簡介

靈歌，野薑花詩社副社長，臺灣詩學、創世紀同仁。獲 2017 吳濁流文學獎新詩正獎、61 屆中國文藝獎章（新詩類）、洪建全兒童文學獎。作品選入 2015～2018《臺灣詩選》。著有《破碎的完整》、《漂流的透明書》等六本詩集。

詩作自述

屬於一個自己看重的人，是幸福的，即使有時難以確定。

屬於生活所有，圍困與逼迫，也只能接受。因為在社會中，即使善良，也不一定是正義的囚徒，但還是堅持善良。

變態自白

張詩勤

變態與
愛戀
兩個詞，為什麼會那麼相似？
空無一人的線上會議室
延遲了一些的回聲

必須是比較不願意的那一邊
的變態
總是盯著「被對象化」
他們早習慣了投射
我還假裝沒有肉身

為什麼會有那些願意
我永遠想不通的道理
或許我真是虛構
或許，否則為什麼我不像是個人
不像個人的那些部分
那麼的鮮活

8月10日，《自由時報》副刊

詩人簡介

張詩勤，國立政治大學臺灣文學研究所博士，現任國立臺北教育大學語文與創作學系兼任助理教授。著有詩集《除魅的家屋》、《出鬼》、論著《臺灣日文新詩的誕生》。詩作曾獲楊牧詩獎、葉紅女性詩獎、臺灣詩學創作獎、《創世紀》雜誌開卷詩獎等，並入選《新世紀新世代詩選》、《2021 臺灣詩選》、《同在一個屋簷下：同志詩選》等。

詩作自述

一直在抗拒「對象化」與「被對象化」，一直在思考「變態」和「愛戀」為什麼那麼相像，這兩件事是同時發生的。我感覺那種注視是一種不顧對方意願的暴力，但現代社會早就習慣並對那種暴力察而不覺。有人願意承受它利用它，有人即使扭曲也希望得到它。我的恐懼就像是一個在大熱天發寒發抖的人。我甚至不知道該質疑還是該擁抱。

從前

崎雲

葉片因機芯轉動
時間與手臂
無所覓尋的流逝與延伸

近海咖啡館，靜寂的桌椅
殘留久遠劫來無人帶走的密意
安定的沉默的意味正溫柔

風鈴響而漸止，餘音甫離席
張開手掌掂空氣
若課室裡閉眼領罰的孩童

遲遲領受不到愛
愛有時是玻璃質地的光束
有時是光質地的玻璃

離卻便有東西會碎去，像人們
極其無聊地敲擊著瓷盤
極其無聊的瓷盤揣惴惴的心

稱羨眼前的風能翻閱從前的葉片
河床上的扁石子，見過我的
大山的眼珠，已紛紛開眼

2月12日，《自由時報》副刊

詩人簡介

崎雲，本名吳俊霖。1988年生，臺南人，負笈國立政治大學中文所博士班，創世紀詩社同仁。著有詩集《回來》、《無相》、《諸天的眼淚》，小品文《說時間的謊》，與趙文豪、林餘佐、謝予騰等合著詩論集《指認與召喚：詩人的另一個抽屜》。曾獲優秀青年詩人獎、周夢蝶詩獎、全球華文文學星雲獎、吳濁流文學獎、鍾肇政文學獎等。

詩作自述

恆常是對時間的關注，此端與彼端的相互扣連。那些尚待捕攫的意義與人際的牽扯，都曾一再於虛空中歡騰地誕生，又復於蒸騰而朦朧的煙霧中散去。自無中生有，又自有中還無。有時坦然地近乎於無聊，有時畏懼、脆弱地像犯錯的孩童、雲中的鳥，一口氣緊揣於胸，一口氣即將釋放，唯有山河大地之物景見證著一切的遷變。

涿雨个日頭花

利玉芳

天公落雨咧
伸出手臂
雨水涿過皮皮嫩葉个手指縫
涿濕黃毛仔个童年

還細个偃等
像一蕊蕊愛開毋開个日頭花
涿一些雨毋怕

涿一些自由个雨水　毋怕

但係天遠路頭个田坵

烏克蘭品種个日頭花
堵著斜風斜雨
子彈無生目珠
適天頂高掃射一路下
摧殘愛結籽吂結籽个日頭花

炮彈雨　落毋得煞
佢等乜係盡硬頸
堅持企到故鄉个土地項
皮皮葉仔手牽手
涿酸雨　等天晴
田坵期待
再開蕊蕊黃滾滾个日頭花

《笠》詩刊 348 期

詩人簡介

利玉芳，1952 年生於屏東，參與《笠》詩社、《文學台灣》。
詩集：《活的滋味》、《貓》中英日三語詩集、《向日葵》、《淡飲洛神花茶的早晨》、《夢會轉彎》、《台灣詩人選集》、《燈籠花》、《放生》、《島嶼的航行 The Voyage of Island：利玉芳漢英西三語詩集》、《利玉芳詩選：客家文學的珠玉 4》池上貞子日譯、《天拍殕仔光的時 At Dawn．Al amanecer：利玉芳漢英西三語詩集》。
榮獲 1986 年吳濁流文學獎、1993 年陳秀喜詩獎、2017 年客家傑出成就獎文學類。

詩作自述

烏俄戰爭影響 2022 年臺灣人對周邊威脅的警惕，當然引起個人的危機感與遙遠戰事的憐憫，無情的政權無故犧牲了無辜的民兵寶貴的生命，美麗的家園變成焦土，有感於烏俄邊界都以向日葵（日頭花）為象徵的國花，所以日頭花是個人心靈的沉默反映，自私的來說，藉詩文讓無力感獲得力量的安撫與援助。

一道影子與我學生

李蘋芬

一道影子與我學生
複述著，直到
直到你成為我的自身
夢見愛人的死亡。從此
守著祕密不敢輕放
困擾於苦與甜的問題
意識之土壤，肚腹的中央
愛與愧疚正誕生
同時。同地。

我留心每日消息，以耳朵記取了你
比任何人更在乎，你如何活下去

在這無須調度恆星的地方
獨自背對一片海域，你見過——
流浪的瞽者，一位吟遊詩人
揪住夜的脖子，追問心與眼的歸屬

追問消瘦的鯨魚骨，在自身陷落的地方
回頭看，你已經不在那裡。唯有牠身上的破綻
掩護我的黑暗

4月1日，《聯合報》副刊

詩人簡介

李蘋芬，生於晚春。著有詩集《初醒如飛行》、《昨夜涉水》，曾獲臺北文學獎、詩的蓓蕾獎、國藝會出版獎助，現為政大中文博士候選人。

詩作自述

寫給真實的、虛構的、同盟與敵對的情敵們。

滑雪場

栩栩

1.
雪沒有前世
它的生命週期僅僅是此時，此地。

它來，只為了
取消

2.
加百列的歌聲
針尖鑿開冰層，天使解散
留下難以解讀的軌跡

3.

迎面而來的枝椏
加速減速再加速
光和陰影
斷續中浮出炭筆的線條

4.

雪如虎爪
輕輕，輕輕
撲滅內在的火焰

5.

雪落無形
雪落希聲

6.

雪是牆，雪是汗液
雪從氤氳來
越過漫漫長路
溶入肌膚

7.

剝去蔽體的皮毛
啄食腳趾們，吞沒
關節及其轉向
神經銜接著神經
來時路

雪還有點餓

8.

我們在此靜候逝去的雪

1月17日，《鏡週刊》鏡文化

詩人簡介

栩栩，出版詩集《忐忑》（雙囍）。現居北海岸。

詩作自述

雪國的雪，應該用什麼留下來呢？我一面試著捕捉它，一面感到非常困惑。

火柴

曹馭博

我與曼德爾施塔姆躺在廢墟上
看著月亮像唱盤般旋轉
撥放著德布西

「音樂真好，不需要翻譯。」
他說，並且給了我一根火柴
讓我劃開他的脊梁

火焰的翅膀緊裹著他
劈里啪啦的掌聲
一名熾天使
正為他剪除自己無限的羽翼

註：曼德爾施塔姆（Stanley Mandelstam，1891-1938）俄羅斯詩人。
德布希（Claude Debussy，1862-1918）法國鋼琴家。

3月6日，《自由時報》副刊

詩人簡介

曹馭博，1994年生，出版詩集《我害怕屋瓦》，《夜的大赦》。曾獲林榮三文學獎新詩首獎，臺灣文學獎蓓蕾獎，《文訊》1970後台灣作家作品評選（詩類），Openbook年度好書獎。

詩作自述

萬物皆能互文，我們的傷口皆能相認。

寫字

辛金順

我把自己舉起，在每一個字
張望的眼神裡
墨漆黑，吃掉光所有的韻律
剩下虛擲的頭顱

字的部首流淌水聲，悠遠
而去，筆畫
溢出了舌尖，勾住了漂流
物的離散

那些黏滯的
已經固守在自己的影子裡了
種下的樹

推開的窗，留住了明天
所有的瞭望

漫漶的情緒，是紙的因素
擴大了想像
在那赤裸的思想上，抱住
一朵凋落的薔薇

存在只能往前走去，明天
還有明天
在婉轉的筆畫裡，我聽到
一路
夢奔跑的尖叫

6月27日，《聯合報》副刊

詩人簡介

辛金順，國立中正大學中文所博士。曾任教於國立中正大學、南華大學和馬來西亞拉曼大學中文系。曾獲周夢蝶詩獎、時報文學獎詩獎、新加坡方修文學獎詩獎、臺北文學獎詩獎、高雄文學獎詩獎、臺中文學獎、馬來西亞海鷗文學獎詩獎、花蹤文學獎詩獎、海華著作獎詩獎首獎等。著有《國語》等十五本詩集；《家國之幻》等七本散文集和《中國現代小說的國族書寫：以身體隱喻為觀察核心》等四本學術論著。

詩作自述

寫字即是一種存在的姿態。字行紙上，處處留痕，如人行世道，悲喜濃淡，都會化為記憶，一路煙火明滅而去。因此人世走老，頂在頭上的夢也難免會越來越小，及至最後的幻滅（一如寫就的字，都難逃消亡的命運）。而字寫多了，如人在一個地方停留過久，必然也會產生存在黏滯的困境。

草，貓，鴿，蟻

周漢輝

說起來雜草幾乎也像人
占用裂縫，日下活自己的命
牆後分租房間滲水兼潤草根
無人維修，讓雜草幾乎結籽
人與人生子，像裂縫內再挖縫
裂於鬧市邊緣的這破街殘樓
有人忽來維修，也有水沖、手刷
隨大疫遽至，草身免疫卻未免
清潔工人輕取，連根鏟除的命
貓吃自己積塵的毛，混藏草籽
在旁樓地面的教會門外留連

輕叫著像信徒禱告天國降臨
貓不懂倒閉、移民，但懂流浪
尋食、挨餓，躲避街犬和車輪——
煞停機車，抽菸，稍歇，煙霧中
混藏疫前時光，飛行和旅客的臉
飄向爬上排水管的貓。外送箱
跟著機車遠去，貓才躍下來
鴿子看準了從更高處飛撲下來
爪勾得羽毛，喙則叼走薯條
天空上瞰觀市面，人類依附
於地，各人聚散傳染的動線
與關連，像雨後蚯蚓鑽出濕土
坦露在它的眼中。或可看得
更遠更深，直抵生命盡處——
鴿糞無意間命中窗前待枯的

盆栽，像特意施肥挽救
窗內的人仍受強制隔離
看窗景看壞了也看準天空
想起行李內有瓦斯槍。塑膠彈
滾在蟻群旁邊，暗巷內一道
黑線蠕動像勾勒死亡的剪影
總有蟻離群，從餐廳後門進去
餐桌上連聲髒話，都說疫情
燒下去怎麼辦，鄰桌的孩子
吃著早餐上網課，而無人在意
蟻舔了奶茶吃了吐司屑，攀過
電視畫面，一座山崩瀉土石流
像萬年前它的祖先已在此地所遇

詩人簡介

周漢輝，信耶穌，香港土生土長。以文學為業，專職寫作現代詩與散文，教授寫作班，主講講座，評審文學獎。作品曾獲香港及臺灣二地多項文學獎，2014 藝術發展獎——新秀獎（文學）得主，2018 年應邀赴美國愛荷華大學參與國際寫作計畫。著有詩集《長鏡頭》及《光隱於塵》。

臉書：Chow Hon Fai，IG：chow_hon_fai

詩作自述

感恩詩是聖靈的腳跡。此詩原為在催迫注射疫苗的政策下，禁足於城市大部分地區的困境而寫。

下筆過於聚焦人的苦沉，寫不下去。

幸有 Gary Snyder 與 William Stafford 的詩作點化，徹底變換角度，從城中跟人共存並苦的動植物，反過來側寫人間疫害。

而且開啟了創作的新方向。阿們。

夢回天子山

焦桐

閃電的枝椏從天空吹到
山坳，光的航行輿圖
帶著暴風雪撞開時代的門——
新冠肺炎流行後
我們策馬過十里畫廊，喘氣
走在雲濤洶湧的步道互相
扶持，交談：「身體是一座山，
話術是一團迷霧。」山陡峭如鐐銬，
雪花瘋狂抓住呼吸，親愛的
抓緊我的手掌，卑躬
屈膝，冰雪覆蓋今天覆蓋了
元宇宙。明天還會有
另一場暴風雪？

土家族女子的歌聲穿透砂岩
峰林，飄進晚禱的房間
沒有空調沒有網路，冰雪
在我們心中拍打不停，
全能的上帝在打掃
全世界狂野的話術？
滿眼都是風暴路
荒涼如安息——
帶著夢想碎片校正
回歸。打開新手機，
曾經擁有的記錄消失了，
我想尋回那些聲音，那聲音
布滿思念的雷區。

3月9日，《中國時報》副刊

詩人簡介

「二魚文化」出版公司、《飲食》雜誌創辦人，1956年生於高雄市，曾習戲劇和電影，編、導過話劇於臺北公演，已出版著作包括詩集《焦桐詩集：1980-1993》、《完全壯陽食譜》、《青春標本》，散文《在世界的邊緣》、《暴食江湖》、《味道福爾摩莎》、《蔬果歲時記》、《為小情人做早餐》、《慢食天下》，論述《臺灣戰後初期的戲劇》、《臺灣文學的街頭運動：1977～世紀末》等等三十餘種，編有年度飲食文選、年度詩選、年度小說選、年度散文選及各種主題文選五十餘種。曾任中央大學中文系教授，退休後專事寫作。

詩作自述

我常憶及二十幾年前登湘西天子山，遭遇當年第一場暴雪。那天，先是策馬過十里畫廊，接著開始登山，我和焦妻喘氣走在雲濤洶湧的步道，不見其他登山者的人影，直到夜幕低垂我們才抵達山頂的客棧。那場景似乎成為一種隱喻，再怎麼艱困的行程，總是相互扶持，一起舉步向上。

如果冬天

李時雍

01

在我的脖頸上
盤上一圈圍巾
整整翻飛的衣領
再整整纏繞的絲絮

將傘撐離妳靠近一些
小小的肩頭似船首
浪花之中吻啄，敞露的臂膀
如錨，測量著雨的溫度

如果冷就呵暖手心
放在背上，或者胸口
這裡暖，妳說，全身都會暖和了

小手藏在我大衣口袋
走過那一年冬天
走過另一年冬天

02

如果盆地落下一場雪
如果大霧遮掩了窗的盼望
如果夜空抖抖它的口袋
沒有月亮、也沒有星星

冰點之下再不會有眼淚嗎
如果道路封鎖了今晚
就不用道別
擱淺枕畔的我們

徘徊海口的舊事
長髮在寒地遠洋而至的風裡
揚起如一面旗

瑟縮的手如果牽握一起
感覺有一點點的冷
如果妳覺得突然的悲傷

12月31日，個人 Instagram

詩人簡介

國立臺灣大學臺灣文學研究所博士。曾為哈佛大學費正清中國研究中心侯氏家族獎學金研究員，並曾任副刊、文學雜誌、出版社主編。著有散文集《給愛麗絲》，主編《百年降生：1900-2000臺灣文學故事》。現為國科會人文社會科學研究中心博士級研究人員，並擔任余余劇場團長，參與《百合・ゆり》等舞蹈製作。

詩作自述

她躺了下來，在原來草地而今無際的雪上，讓手腳揮舞如翅翼，再起身時，留下雪中深淺的輪廓。她說，這叫 Snow Angel。重讀這首詩，我想起雪上的天使，蝴蝶般的殘像。

輯三

以摩斯密碼向滿月傳遞詩句

抱嬰兒清晨散步

阿布

林蔭道的盡頭
小學
笑聲的容器，在時間裡
被還原成靜物

圍牆，校門，國父遺像
無法阻擋
一隻金背鳩飛過

此時天氣晴朗
陽光又開始新的嘗試
丈量天空的高度

偶爾在陰影裡歇息
語言止步的地方
還有風
自在來去

9月1日，《聯合報》副刊

詩人簡介

東華大學華文所碩士。正在養小孩。

詩作自述

嬰兒出生以後，幾乎沒有時間與心情寫詩。但嬰兒教我許多事，包括如何用新的眼光看世界，包括在語言和文字尚未出現的地方，已經有色彩存在那裡。當然也包括睡眠不足原來是可以沒有極限的。

一袋米要扛幾樓

洪萬達或台中慶綺

星期五，完全黑暗的學生劇場，我下課，對於
剛剛虛度的兩個小時感到十分厭倦。因我埋首寫字
顏ㄇ大喇喇地靠過來，閱畢，又無聲地坐回去

我對前方的老師還是不夠專注，遂向顏ㄇ
使眼色，畢竟那時我們還沒爭吵，而老師在台上教伊歐涅斯科
一個時時對自身感到憂患的學生便能思考許多：
「為什麼門鈴響，
史密斯太太每次都會開門？」

顏ㄇ應該喜歡著我，冬天的晚上
偷偷繞過小麗阿姨，負疚而精神抖擻地來到我家

讓門鈴響。史密斯太太，答案就在行動之中
我邀他重播一部去年流行的娛樂型科普影片，大意是
計算一袋米要扛幾樓，才能讓世界感受到痛楚

我實在很喜歡這個句子。我跟顏ㄇ說，這是火影忍者
透過苦無、砂忍的臉、木葉村的圍牆層層計算
像我在課堂上埋首寫字：二零一九年，我搬上來臺北
平日劇團，假日兼差，勉強算是個勤勉的學生
現在的雙人床上散落著幾本現代詩集，我跟顏ㄇ很雜亂
唯一的優點是還稱得上真實

真實是一連串不可變的過去。每個星期都是如此：亮燈，入座，老師點名，慶綺，請妳上來演一段。妳面前是一張木頭椅子，妳有三十秒，請演出「痛楚」。
我便走向前，按鈴，開門，靜候，關上。再按鈴。再開門。再靜候。再關上。

什麼時候幸福猶未可知，這無意的投射就是才華——老師盛讚
有些人喜歡有些人不喜歡。顏ㄇ終於和我有了歧異
「妳這樣投機取巧、為什麼不學學陽子
她每天準時做發聲練習也助於臉部舒緩表情多元甚至精通樂器……」

甚至我聽出顏ㄇ的弦外之音，春天之後我們便不再同一堂課。
一袋米要扛幾樓？天道培因炸出了一個大空洞，一袋米要扛五十七樓
我們就生活在空洞之中。我埋首寫字，顏ㄇ大喇喇地靠過來
閱畢，又無聲地坐回去

詩人簡介

洪萬達，國立中正大學中國文學系畢。曾獲臺北文學獎、教育部文藝創作獎、x19 全球華文新詩獎、國北教文學獎。詩集《一袋米要扛幾樓》預計於今年六月出版。自費出版《鹹蛋超人》、《梅比斯》。

詩作自述

我喜歡虛構中發人深省的真實，文學之美應該是人心的反映。

培因就算降下神羅天征，痛苦也不會真正從世上消失。因為殘留的人們將生存於空洞之中，慶綺作為理解、預知一切，並繼承痛苦的角色，只能不斷埋首寫字，攀爬，等待下一次抵達。顏ㄇ大喇喇地靠過來，閱畢，又無聲地坐回去。

一袋米要扛幾樓，一袋米要扛五十七樓。

讓世界感受我的痛楚。

睡前

陳繁齊

按下播放鍵
總比走出房間
來得容易

睡前。張貼一首歌
像是自我介紹：
「此刻這首歌
就是我的名字
除此之外
沒有其他意思。」

或許沒有真的把歌聽完

就如同平常你也
不會那樣介紹自己。睡前
是你最不像自己的時候
憂傷得太切時了
所以不願與人
談論歌詞的涵義

睡前，你總是想要
撥一通隨機的電話
卻只吵醒自己

7月14日，個人Instagram

詩人簡介

陳繁齊，1993年生，臺北人，國北教語創系畢業。現專職文字工作，包含專欄與各式文案。個人創作領域包含詩、散文、歌詞，著有散文集《風箏落不下來》、《在霧中和你說話》，詩集《下雨的人》、《那些最靠近你的》、《脆弱練習》。

詩作自述

睡前的幾十分鐘，幾乎是社群時代的人們平日所能擁有最充裕的空白了；也因為空白，那些不合乎生活尺寸的感受與情緒，常常在此刻降臨。這些感性，是否因為這個時代的傳遞太過輕易，才總是節制成一點一點的寂寞；更多的表達途徑，是否讓我們練就了更熟練的口是心非。

區間測速

葉國居

牽著阿公的衫尾
沿著茄苳溪拐個彎
廟口柑仔店的金柑糖就開花了
那一段路以及甜蜜的回憶
太短太匆匆

阿爸的犁追著牛跑
駛進晚霞深處
阿母趕著炊煙直達天聽
纏繞著發燒的大鍋團團轉
每個失速的小日子
加上晚年失能

加加總總就是人生

散漫如我如龜速
收到女友開出多張紅單
一如承諾一再拖延
莫再問我們愛情的進度
一些時間過後
自然知道走過的路

6月28日，《中國時報》副刊

詩人簡介

葉國居，臺灣作家，書法家。散文尤善，多篇作品選入臺灣及香港高中讀本。曾獲聯合報文學獎散文大獎，九歌年度散文獎得主，110年大學學測國文試題選錄其著作〈髻鬃花〉。散文作品〈相片裡的公雞叫聲〉經王志中導演改編成動畫電影，入選2022印度普那短片節及烏克蘭國際兒童媒體節等國際大獎。

詩作自述

以交通執法區間測速的概念，譬喻人生種種。詩寫祖孫三代，各自有不同的回首人生。彷若醉過方知酒濃，愛過才知情意重，這世間有許多事，短時間難以定論功過對錯，總是要走過一段路途，有了一些經歷，轉身才見真正人生。

中陰身

葉莎

揮手時無人看見
人與風景越來越遠
我也許是浮漚
破碎之前應有一聲啵

若此刻，灰暗親吻灰暗
無邊親吻無邊
若我親吻愚痴如親吻智慧
無常請親吻我
並讓我明明白白

身軀如電，如影

神識如此清靈
一條河若被狂風吹起
我的一生，瞬即迷茫
翻轉成萬千消融的石塊

若有人問我
妳在哪裡？
我就這樣回答
我是細碎之一
比細碎更細碎的奔馳
離地千萬呎，成為霧
之悟或之迷

《吹鼓吹詩論壇　折射與反射》第49期

詩人簡介

曾任《乾坤》詩刊總編輯，現任《乾坤》詩刊顧問及《有荷》文學雜誌顧問。得過桐花文學獎，臺灣詩學小詩獎，DCC 杯全球華文大獎賽優秀獎，2018 詩歌界圓桌獎 。出版《伐夢》、《人間》、《葉莎截句》、《幻所幻截句》、《陌鹿相逢》、《七月》。並於馬來西亞出版《時空留痕》。

詩作自述

中陰身簡言之就是此生完成之後至來生開始之前，那一段迷離飄蕩的過渡期。這幾年來心靈所感的世界與真實世界疏遠了些，與未來的死後世界又更親近了些。時常幻想有這麼一天，在肉身消失而神識轉為清靈之際，詩會活成它該有的樣子，為自己幽幽發聲。

梅花王

渡也

朋友一月中旬 line 給我一則訊息
介紹他仁愛鄉山居庭院近況
「梅花王開五六成了」
肯定是梅花王託他放消息的吧

朋友還表示山居方圓幾里內
肯定沒有梅樹比它年長、高大
而又野心勃勃
所以，尊稱帝王

一年一度
帝王大肆表演煙火秀

點燃了惠蓀林場附近的天空
花開的聲音超大

周遭人家種的花
都開得挺客氣
都閃得遠遠看帝王
有哪一棵樹膽敢出聲呢？

《乾坤》詩刊秋季號

詩人簡介

渡也近三年出版《桃城詩》、《梅山行雲》、《全世界的澎湖人都回來》三本詩集，皆屬地誌詩詩集。近幾年先後協助國立嘉義高中及國立聯合大學打造文學步道。文學步道具有文學、教育、景觀、休閒等多種功能，頗有益於文學之推廣，各級學校和各縣市政府宜多設置。

詩作自述

活在這首詩中的梅花王，住在南投仁愛鄉山林巷，每年一月花盛開時，非常壯觀，的確夠資格稱霸稱王。這也難怪樹的主人得意得很哪，每年花期都會邀友請友人上山一睹他家梅樹萬千儀態。
此詩除了將梅花王「擬人化」之外，還「以物擬物」，比擬它在大放煙火。我且將無聲擬為有聲。希望能表達出梅花王生動、活潑、特異之處。梅花王的鄰居那數百棵梅花們，每年一月除了自嘆不如，忍氣吞聲，又能如何？

植物園裡的蕨類

蔡文騫

從山下一路逃亡
雨在我們身後結成不透明的霧
討厭向光，討厭直立
討厭被誤認為剛毅木訥的樹
或正直開朗的人
喜歡依附
喜歡很濕的那種濕氣
喜歡自己纖細而繁瑣的樣子
編織羽毛形狀的複葉
篩落冬陽中，總是被漏接的
最細最軟的部分
從暗處向誰伸出一隻折了又折的觸手

鑲金而結滿多毛的絨
如一道閃電在海上
無人停留的黑裡燃燒著

不肯費力醞釀花苞
不祈求蜂群或蝶
沒有辦法膨大孕出
市場裡那樣供人細細挑選
飽滿欲滴的果
披著黑小猥瑣的孢子
從不多加掩飾
時機成熟的清晨，輕輕將背地懷抱的祕密
彈射，墜落
看會誤觸了誰
在五月潮濕溫暖的平原上

向著同一座小島飛行
推開不斷膨脹而稀薄的霧
像露水終於降臨指尖
再次相遇了，都當作最好的命運

第10屆蘭陽文學獎首獎

詩人簡介

1987 年生，皮膚科醫師，出版散文集《午後的病房課》，曾獲若干文學獎。

詩作自述

想要安靜的時候，就去山上，想要更安靜的時候，就成為植物，而且是害羞、柔軟、低調的那種。

三峽舊橋漫興

楊澤

昭和時代的拱橋
鎮日望著橋下流水
未發一言

小鎮河上
紛紛起了高樓
又蓋豪宅

行人匆匆
摩托車
後街少年般

呼嘯而過
浮世人生
總這樣

老這樣
放牛拾牛
而舊橋不語

橋下流水
哼著唱著
走遠了

離此不遠
那黑面祖師
猶在祖師廟裡

殷殷告誡：
男兒自有
一番豪氣

即便不能
如舊橋般
屹立百年

亦當學它
笑看紅塵
玩世甚恭！

7月26日，《聯合報》副刊

三個字

在許許多多人物龐雜
情節混亂的夢的行進之中
一張米白色的稿紙
以草綠色細線規列出
一畝田園

許多文字在此流過
始終無法停駐
直到出現了
那三個字

包含了主詞、動詞與受詞

而今僅能以夢囈形態存在的
那三個字

黑色、手寫
深刻、熱烈
筆直地
往下
扎根——

在晨光中
我聆聽著
此刻的現實

是如何溫順地
包覆與盛接

成為夢的回音

11月17日，《聯合報》副刊

詩人簡介

隱匿，寫詩、貓奴，現居臺南。
著有詩集《0.018 秒》等六冊，散文集《病從所願》等六冊，法譯詩選集《美的邊緣》。

詩作自述

就是那三個字喔。

不總是需要平靜

任明信

・

物質阻斷光徑
於是陰影成立

不僅是為了那光
你更是為了陰影
來到這裡

・

被踐踏
是地的宿命
亦是尊榮

・

讓自己微渺
跟淵博其實是一樣的

完美的旅程
來自把握
和不再把握

・

身體是生計
心是全部的家當
魂魄最後要前往的
都是同一片草原

·

真心喜愛一個不值之物
會貶低你什麼呢
為什麼
不為所有而感動

·

你不總是需要平靜
就像你
不總是需要乾淨

要記得泥土喜歡你
塵埃和碎屑
都喜歡你

・
器物自有生命
空間，和時間亦然
他們是最甜美的
恐怖情人

・
你怎麼傷害空間
空間就怎麼傷害你
你怎麼愛時間
時間就怎麼愛你

6月30日，個人Facebook

詩人簡介

任明信，高雄人，十一月生，中正大學經濟學系，東華大學創作暨英美文學研究所畢。喜歡夢，冬天，遊戲，寫詩，節制地耽溺。著有詩集《你沒有更好的命運》、《光天化日》、《雪》，散文集《別人》。現在亦為催眠療癒師。

詩作自述

且靜下來，用自己的方式進入
在字裡待一會兒，再離開
還有什麼留下的，那就是了

自然

王柄富

勞動者打開了收音機、麥克風
尋找平靜的人，回到書本之中
又是撤退的一天。從早晨開始

認識文字從不讓事物再生長
哪怕一些，認識我水到才渠成的心
依然渴望創造

我就俯首於平靜，在勞動當中
文字通過聲音急於反省
由我的緩慢、沉默表現自己

可以終日獨處於室內的音樂

簡單、笨拙如周利槃特伽
灑掃落地的灰塵，被自己感動

可以保留精神，偶爾窺探窗外
天氣可能好得讓人不耐煩或者
強調的雨，在玻璃上留下吻痕

或者保守如這五月的早晨吧
她居高臨下，代替我從內部去看
晴空萬里的世界啊，到處都是陰影

我與我不曾創造的所有事物
待在一起，像情人牽手散步
只是看一下對方，看一下路

5月15日，個人Instagram，後收錄於《乾坤》詩刊冬季號

詩人簡介

王柄富，1999年生。臺灣師範大學國文學系畢，現正就讀清華大學臺灣文學研究所。曾任臺師大噴泉詩社、北大冬眠詩社幹部，詩作見個人instagram@bingfuw。

詩作自述

〈自然〉是我企圖抵禦現實與內心紛亂的還手之作，面對一再強調便利、訊息要流通的這個現代環境，所有人其實都在雜訊轟炸底下度日：有人躁鬱難安，有人掩去耳目、斷尾求生，而作為創作者或研究者是更有義務，去承受外在資訊的介入，並賦予他們秩序。本詩的施力處，在於將主導權放回自己身上，知道自己有所能、有所不能，師法自然，終該明自本心、見自本性，在現代處境中雖一味難求，但我心神往，願與所有人共勉之。

華語酷兒 Sinophone-Queer

黃岡

Sinophone-queer，你說中文嗎？
或者華語、國語、普通話？
我來自臺灣，如果你知道的話
那裡有個朝氣的城市叫做臺北
裡面有一個漂亮的我
決心去尋找我的世界族類

我從這裡出發，像當年我的台商叔伯
我的美國阿姨，勇敢追尋幸福與奇蹟
褪掉的殼在我身後，依然潮濕，依然溫暖
我在玉米田裡學寫作，說話，閱讀世界名著
Sinophone-queer，你們在哪一個意象裡？

在我的繁體詩裡嗎？

一個棕髮帥T走過來問我的稱謂
我盲目翻找我的中文詞典
我是人也，女也，X也，還是ta？帥T狐疑地走掉
我是想這麼聊天的：

Ta用中文寫詩，散步，離散與做夢
Ta用英文健身，看美劇，親嘴，吃炸雞
Ta看中港台電影，讀華語文學，寫信，上中超
Ta用英文教中文，讀取信息，申請試用包
看CCTV學官話，因為這裡的普通話不夠普及
而咀嚼的國語裡也沒有（中華民）國
關於存在的問題，ta有時上約會軟件找答案
攬到高眺的女子胸前，而ta更顯矮小

身體裡的猛男忿忿不平，呼一口麻
證明自己又酷又巨

Sinophone-queer，你在哪一張地圖裡離散？
你說的是哪一種 Chinese 而你又是誰？

我也終於習慣了使用烘衣機
在強力渦輪中我看到了一則歷史隱喻
旋出去的水分子無法再聚成河
但雨水可以下在玉山、拉薩、伊犁草原和婆羅洲
而我可以是他也可以是她，或者流淌其間
我與我的族類有寬闊的草原和海島可以棲息

Sinophone-queer 站在世界的前緣
精神鑿鑿地在各國度裡逡巡

當月亮愈發皎潔
而群星是我的發語詞
遠方通過的末班車，在耳內形成的小小風暴
轟隆著愛，理想，與自由

8月30日，《自由時報》副刊

詩人簡介

黃岡（他／she／they），聖路易華盛頓大學東亞系與比較文學系博士生。著有詩集《是誰把部落切成兩半？》、合編《同在一個屋簷下：同志詩選》。第二本詩集《X也》即將於2023年出版。曾獲林榮三文學獎、時報文學獎、葉紅女性詩獎、楊牧文學獎，並入圍臺灣文學獎，2015年文化部選送聖塔菲藝術學院駐村作家。

喜歡美食與占星，將來要養兩匹馬並且一直創作下去。

詩作自述

寫於美國玉米田裡讀博士的日子。啟發於北美學界華語酷兒（Queer-Sinophone）的理論進路，我以詩歌的形式記錄華人酷兒群體在美國的發展，寫下語言和性別的雙重衝擊。第一層是由不同的華語／中文帶出的國族想像；第二層是由英文稱謂（pronouns）所引發的性別焦慮。究竟，我是她（she）他（he）還是X也（they）？英文語言的性別指涉較中文更為明確，每當被問及稱謂時，面對的既是一個語言問題，更是一個生存問題。可不可以，不只屬於一個國民、一種性別……？

身分

謝予騰

種植一撮陽光，用車流澆灌
冷眼看行人踩踏
像透明的日子
既輕易，又難以到達。

而號誌仍舊變化。

大道第三段，再度拐彎成了陣雨
並綻放低溫的人群——他們
將悲傷表現得憤怒
以寂寞餵養張狂
而關於彼此真切的心事，則像不能道破的伏流
自地下鐵或捷運

悄悄地漫延為漲退的潮水。

原來，這一切愛與恨，皆非本意
寄居的情緒騷動起來
連積水裡的倒影
都在路旁，顯得荒謬與尷尬。

車流緩緩地推擠著，日子在群眾間
被隨意地踏過。
想培植一道微光
但夕陽太過忙碌，無法趕在雨停的黎明前
通過看似輕易
又意義不明的自我審查。

《創世紀》詩刊 夏季號

詩人簡介

謝予騰，臺南新營人，成大中文所博士，兼任於嘉義、臺東、虎科等校，騎機車在島嶼的東南兩側流浪；微中年的問題，不過青春時想像的具體化，像夜半發現愛犬霸占了自己的枕頭，竟也不忍趕牠下床。
作品散見各文學雜誌，出版詩集《請為我讀詩》、《親愛的鹿》、《浪跡》、《因為明天就要開始了》，短篇小說集《最後一節車廂》。

詩作自述

城市，已經成為當代人類的命運──過度集中的人口、資源、想法，甚至認同，本質上地異化了人們的樣貌與靈魂──越是對抗，就越會發現，悲劇的原型，大概不過如此。
凝視遠方曾經偉大的城邦的毀滅，再回顧我們的島，便突然發現，一切光怪陸離、匪夷所思的現狀，竟是我們重複創建又拋棄多次後，所塑造出來的，傷痕累累的自己。

微亮

羅任玲

在接近假日的傍晚，當然
假期並未真正來到

對面是岩窗裡的
一盞瑩白小燈

她租小屋而居
圍繞是剛上岸的

幾株水草
在靠近人生的黃昏

夜色很快
籠罩她的異國衣衫之上

漂流之衣還是
浪中的人

窗內或許
坪數不大是她一人的
簡單晚餐。想必

還有空白岩壁重複播放著
依然頑強的病毒

生命的意義是什麼你在這頭
展讀多年前的柏格曼自傳

他害怕的死亡更久以前
攫住一個小男孩的雙眼
自黝暗中坐起的並非
幽靈而是今生所有

囚禁的片刻
他的礁岩並無虛詞她的
也是
剩餘的只有黑。夜

（那從來不是結尾從不）
幾株衣衫的魂魄

獨自描摹
夢中失竊的晨光

6月9日，《聯合報》副刊

詩人簡介

羅任玲，臺師大文學碩士，著有詩集《密碼》、《逆光飛行》、《一整座海洋的靜寂》、《初生的白》，散文集《光之留顏》、《穿越銀夜的靈魂》，評論集《臺灣現代詩自然美學》。

寫眞

陳柏煜

1

無預警視線模糊，傘打開
單片隱形眼鏡覆蓋（度數不明）
我是水泥植物園內爬行的金花蟲

2

不知受甚麼指使
鍵入「剔透的腦袋」搜尋圖片——
最快抵達的是
一叢夜裡開花的水晶蘭
兩個剔透的腦袋

靠著彼此，偶爾因為摩擦
發出石頭的聲音，就像與你對談時
空氣會發出的那種聲音

3

天空青色的河在樹冠間蜿蜒
蛇在樹上複製這一幕。兩枚
S形掛鉤於是牽制著彼此。

4

窗上交疊的指紋
苦花魚在冰冷的激流扭動。老婦人看見
年輕丈夫的鬼魂蹲在庭院中。

5

攝影尚未發明時坦尚尼亞的牛羚如此遷徙
（通過歷史之水力發電所）
機車騎士自《國家地理》頁面衝下臺北橋

7月25日，《鏡週刊》鏡文化

詩人簡介

臺北人，政大英文系畢業。木樓合唱團，木色歌手成員。曾獲林榮三文學獎散文首獎，時報文學獎影視小說二獎（當屆首獎從缺），雲門「流浪者計畫」、文化部青年創作獎勵。作品多次入選年度文選。著有散文與評論、訪談文集《科學家》，詩集《陳柏煜詩集 mini me》，散文集《弄泡泡的人》。譯作《夏季雪》。

詩作自述

〈寫真〉與其說由五張照片不如說由五張屏幕組成。一枚隱形眼鏡（一頂傘）、一張網路圖片、一片樹冠、一扇沾有指紋的窗、一頁雜誌攝影。屏幕的出現確立了空間的範圍以及兩造的關係，它也像半透的膜也像隱喻。屏幕是安全之吻，即使安全，也有不安。

風在吃食著

鄭琬融

多脊椎的島，多心的四月
太陽走走停停
風在吃食著
大塊的春天，人們心頭甜甜的芽子
也就是昨日看見的餘暉、
巧遇的友人、永遠年輕的電影
一幕：
濕地中央奔跑著的人們陷入了時間
陷入了長長遠遠的原諒
一步卻比一步重
該拿什麼來面對世界的盡頭、
美的無盡？

流蜜的手指挖出了蝦貝
腹部柔軟、陰白
一生的恐懼

多領主的憂思，多詭譎的不信任
到底虛無能消解多少虛無
抑或前往的方向是否真實存在？
我不斷夢見我的未來
小小重疊的黑影
幾位考古學家正蹲踞於此
研究著所謂自由意志
無垠、稀薄、霧氣騰騰
風在吃食著
晌午水泥的樓間
一個搬運工人右手的傷勢

痛覺是顫抖了　如墜落的木棉
內心，一個妻子久久等候的身影
卻不曾閃爍過
「悲傷從不是虛無。」挖走路燈的人答道
他苦苦地把整座山
還給生下它的黑夜

哭所以年輕　所以奔走
多皮膚的山色眾人為之傾倒
忘了流浪的黑洞
在大塊、鬆散、無結構的春日裡
風在吃食著
像土裡無頭無腦的蟲　迷惑地蠕動
對美好、恐懼與悲憫的末梢產生渴望
就要甦醒了

我告訴自己
面對未知還能踩在陰影深處的那種信步
已前去探詢過

6月27日，《自由時報》副刊

詩人簡介

鄭琬融，畢業於東華大學華文文學系，曾任職翻譯文學線編輯，目前就讀於北藝大文跨所。曾獲台積電青年學生文學首獎、x19詩獎、林榮三文學獎、國藝會創作補助等。詩集《我與我的幽靈共處一室》獲得第七屆楊牧詩獎，並入圍臺灣文學金典獎短名單。

詩作自述

對於春日的嚮往總是年復一年的誕生，不過向前看的同時，我們能回首過去的紛亂嗎？風之所以流動，是因為空氣中的高低氣壓坦然起伏。想著要往前、拋下所有迎向美好春日的同時，也得學習梳理自己在冬日裡打結的皮毛、在陰影處學習扎根。

環島——流浪教師的夏天

鹿鳴

五月的天空處處是盡頭
她再次開始她的環島

她數著苦楝樹飄遠的花瓣一片片以及
所剩不多的聘期。她的學生即將畢業考
在鐘聲的夾縫裡，她依然走向臺前
迎接幾聲零落的老師好
粉筆在她手中磨去了稜角
多麼適合拘謹的板書，一日勤拭一日

「疫情嚴峻，沒事千萬別亂跑」
一隻落單的候鳥叼著黃昏

從她的額前掠過
她因此又老去一點點
在一場求生的大遷徙

尋常的教室被布置為臨時的考場
一群老師端坐其中
這樣很好，她暫時擁有安靜的座位
在一串無意義的編號裡放下姓名
一個答案是另一個問題的荒原
明天是一條河失去兩岸，她還在橋上

「這樣不行，你得想辦法把課上得有趣些」
教甄委員打著大大的哈欠
她有點悲傷，想起好多年前她仍是個孩子
每一朵雲都有千萬種表情

「那個叫范進的讀書人為什麼發瘋？」
她在每一所待過的學校裡，提起同一個問題
從偏鄉到市井，只記得窗外的蟬聲分外響亮
雄辯是滿屋子發燙的沉默
她聽過最理想的答案是
一把晴朗的美工刀滑過木質的桌面
有什麼卡在時間的凹痕裡
她不再是個自由的人

似乎有孩子哭泣的聲音
她只能重複同樣的咒語：「考壞了但沒關係」
又更像是她想對自己說的

今年比去年還早入秋

校園裡貼滿了紅色燙金的升學榜單
又一批扁平的笑臉晾在牆上，歡送她
離開年少時的快樂
她低下頭，發現皮鞋又磨破了一些些

「什麼時候回來？」來自家中的電話不時響起
她在五坪寬的單人租屋裡，轉開生鏽的吊扇
嘎吱嘎吱地絞碎太熱的問候
「這幾年的候鳥愈來愈少」她嘗試岔開話題
拉開玻璃窗，送一隻小蒼蠅趕往天空

她夢見自己回到青春期的教室
臺前那人始終沒有轉身，來不及教會她
遺忘錯誤的答案，讀懂問題
例如她為何堅持夏天的環島？

候鳥為她落下寂寞的鳥羽
值得遠方，卻遲遲難以飛行

第 18 屆林榮三文學獎 佳作

詩人簡介

1993 年冬天出生於臺南，高雄長大，清大中文系畢業，現為高中老師。得過林榮三文學獎、教育部文藝創作獎、葉紅女性詩獎、桃城首獎、羅葉首獎等，曾為擦亮花火文學計畫寫作小隊成員。比起寫作，更擅長迷路、走音和嚕貓，領養三隻貓。

詩作自述

寫這首詩的歷程著實不易，它迫使我回顧那段四處考教甄的艱難時光，然而也正是因為書寫，這個議題得以被更多人看見、獲得多一絲關注，我終能接納從前那個狼狽的自己，並勇敢、釋然地微笑了！

謹以此詩，寫給那段自我懷疑的過去，也獻給同樣在教甄宦海中，曾經走過或是尚在浮沉的夥伴——再堅持一些些，我們都值得更好的遠方。

郊山行——某主婦仲夏福州山步道漫賦兼致年少友人

馬翊航

二號涼亭，掛牌
混合勸說，警示與誘惑
「請勿偷走時鐘」
誰這麼在意：一株被動的人在表達
片刻的世界

入山人數管制
心的巢穴：單獨一個
它與我，步道上聽見
隱密哨音。意識的駐紮，圍獵
石頭邊緣的接觸被擠壓
微型的政治

幾位祖父母
分享他們不在場的後代並
順利縮小

蟲掛在半空
一人有一人份的絲線

「等一下——」
呼喚，這麼多的呼喚綁住現實
綠色塊！黑色塊！成犬阿福
審慎地探索
神像的投影，氣根。驚嚇於
土蛙匿在月桃底
我的創造力，凶悍也
早已不堪使用

逝者離開他們的熱帶
十點半鐘
頑劣，自由的記憶
在我的身體發作
舊火山的蓑蛾

停息了嗎？曾經發怒的樂器
夏日，陰暗的鍍膜
一層一層地攔阻
生命。絕大部分是光學式的從屬與表情
觀景平臺上可見一千萬片窗玻璃——

感覺的蟻足，沿著雜念尋糖
語音輸入：「沒有什麼筆記、勝過、想像與接觸」
（菜園裡，有沒有死灰？）

（是誰引進這片巴西鳶尾？）

一條路下去是公家機關：400m。一條路下去是病院：250m。

我哆嗦，且懷抱一些「活的任務」返程

試著澄清，決定

該依序馴服哪些基本需求

3月30日，《自由時報》副刊

詩人簡介

馬翊航，臺東卑南族人，池上成長，父親來自 Kasavakan 建和部落，臺灣大學臺灣文學研究所博士，曾任《幼獅文藝》主編。著有個人詩集《細軟》、散文集《山地話／珊蒂化》，合著有《終戰那一天：臺灣戰爭世代的故事》、《百年降生：1900-2000 臺灣文學故事》等。

詩作自述

這兩三年開始爬身邊的山，健康的重要不必多說，不過城市的山熱鬧而豐富，涼亭像是一個小劇場。身體會主動偷聽，也會有不請自來的幻覺。時鐘啦、蟲啦、以前生過的病、維基百科說會走路的花⋯⋯爬一次山，又疲勞又紓壓，像生一場人間大病。我在日常瑣事上非常有決斷力，因此，能讓我猶豫再三的事物，就應該毫不猶豫地寫下來。

聽見太陽

囚房放風的時間，他獨自
散步到籃球架下
瘠瘦的身影像時代的縫隙——
雖然總是無法直視太陽
可是，很美——他緊閉雙目，
依稀聽見出自太陽的金色聲息
起初只是呼息，再來是剛睡醒的
雪花般淺淺呵欠聲
眼睛再閉緊一些，聽見太陽站崗、
摺棉被以及勞作時的歡快歌聲
照射在汙泥地上，
灰燼潔白起來的轉化聲

劉曉頤

甚至他曾從琴盒取出薩克斯風的
釦環撥動聲
還有種子破開般的甜美聲。
太陽雨是最動聽的一種
千萬支金弦，粗如麻繩或細若懸命
一道道勁發，垂下則淡淡地像
囚服剛洗好的皂香
雖然很快會又弄髒
可是，很美——他窮得失去時代
卻有一隻溫熱而厚繭的手
伸出縫隙拉住他——
「你看，我們同等髒，窮，
但可以伸出手
讓雪花下在掌紋的泥垢上」
究竟他被世界放逐了還是

連衣角都被釘死
你選擇哪一種詮釋
（是的可以選擇——）
也許是時代被他放逐
然而很美。失眠時，
他習慣裁下夜的側臉
留一半給蜂蜜浸潤。此後裁剪
要留下耳朵
「你將聽見太陽，即使你還
看不清前方。」

9月19日，《中國時報》副刊

詩人簡介

劉曉頤，詩人，副刊主編，得過中國文藝獎章、新北市文學獎新詩首獎、飲冰室散文首獎、葉紅女性詩獎等。著有詩集《春天人質》、《來我裙子裡點菸》、《靈魂藍：在我愛過你的廢墟》。

輯四

時空的光合作用

楓鄉 PEACE——恆春行旅

路寒袖

庭院周遭的綠草
肆無忌憚的，往前
盡是天涯
向後一看
便遠到了海角

在這裡，白沙灣的樓上
風最不容易迷路的地方
唯有世界
找不到我們
而我們發現了這個新世界

楓香總舉起她的三爪子
熟練的彈奏著月琴
又捕捉坡下的濤聲
為我們鋪設
一床柔柔軟軟的新夢

夢中，落山風
把我們吹得一乾二淨
於是，我們變得
很輕很輕
時常把太陽投入黃昏的彩霞
喜歡將月亮藏進清晨的露珠

5月26日，《中國時報》副刊

詩人簡介

長期從事報紙、雜誌、書籍等編輯，曾任高雄市文化局長、臺中市文化局長等。著有詩集、散文集、繪本、攝影詩文集等二十餘部；詩作被譜成流行、藝術、歌劇、選舉歌曲逾百首。曾連獲兩屆流行音樂金曲獎、金鼎獎最佳作詞獎、賴和文學獎、年度詩獎、臺中市文學貢獻獎、傳統藝術金曲獎等，乃唯一既獲流行音樂又得傳統藝術金曲獎的創作人。

詩作自述

「楓鄉 PEACE」是恆春的一家民宿，位於白沙灣的山坡上，主人建築設計頗具巧思，景觀遼闊通海，環境獨立幽靜，整個園區栽植了兩千餘株楓香（即三葉楓），還有一座相思樹的小森林，我為其著迷，乃詩以誌之。主人雅愛本詩，特地自花蓮採購了一顆八公噸重的蛇紋石，鐫詩其上，立詩碑於園區入口處，成為民宿最佳地標。

有事的人

詹佳鑫

有事的人通常
沒事，反覆滑看 messenger
今晚的流星幾點上線？

往前推算：一小時前
你是否高速刷過火星，是否早在
銀河之外被外星人搶先許願？

嘴唇輕顫：「我希望……」
心跳矛盾，網速，光的時差
宇宙的 GPS 導航準確嗎

風的漏拍，雨的彌補
你從忠孝復興4號電扶梯浮上來
之前，城市的鏡子狠狠把我照了一遍

兩遍三遍，隱形眼鏡，妝髮
ZARA 淡香水，愛過的粉刺與疤
告白是最嚴重的光害（吧）

在黑暗的小視窗：已讀，不讀，最貴的
免費貼圖——第N次，推敲一個輕盈的錯字
讓無數公車駛過一根站牌痴情的影子

必須過站不停，因為我有事
我決定趕赴每一台過勞的監視器
調出你的深褐皮夾、鑰匙

白襪與頭皮屑，採集指紋
潛入你心的房間，書櫃，抽屜
縮小成一隻狡黠的衣魚。

你輕鬆走來但我不在這裡
流星燦笑負責任：嗨
而我依然像一個沒事的人

7月22日，《自由時報》副刊

詩人簡介

詹佳鑫，臺大臺文所畢業，現任教於國立新竹高中。多次榮獲全國性文學獎新詩、散文首獎，以及臺灣文學傑出碩士論文獎、全國 super 教學獎、全國語文競賽教師組作文特優等。作品多次收入《臺灣詩選》、《臺灣現代詩選》、《國民新詩讀本》、《新世紀新世代詩選》等，並曾兩度翻譯國外。詩集《無聲的催眠》獲周夢蝶詩首獎、選為文化部優良推薦讀物。曾任高中國文課本編撰委員，另合著多本配套教材，獲邀《天下雜誌：迎戰 108 課綱》教育特刊人物專訪。

詩作自述

「你有事嗎？」一句詼諧調侃的時下用語，正是熱戀情侶最真實的日常。裝模作樣、處心積慮、斟酌推演，加以種種實際不實際的想像，皆讓此事非同小可。愛神降臨，萬物可疑，詩人與情人，都是世上最有事的人。

百年・甘露水

洪淑苓

你雙目半閉
下巴卻是微揚的
嘴角也是，雙手順勢扶著
就像趕著一群波浪的羊
而三顆蚌殼安靜地依偎在你腳邊

從你眼中走入 1921
那時的臺北
所有的青春男女
嗅著時新的空氣而奮起
而你在東京
在大理石與釘錘的呼喚下

從記憶的海醒來
　那是故鄉的海
　湧向太平洋
　抑或回流島嶼

你 153cm 優美自信的身姿
雙腿交併，左足在上
因而肌理略顯緊繃
但皮膚是光滑緊緻的
曾經有人向你潑灑
帶酸性（據說是 Iron gall ink）的墨水
　修復師努力用真空法注入溶劑
　希望你的委屈慢慢滲出
　然而墨漬猶是淡青

百年了，榮耀、返鄉
棄置、汙漬、寶愛、塵封
而今重新站立
展場以扇形屏障
窗外是疾駛而過的捷運
你也看著這 21 世紀的風景麼
　你不羞澀也不退縮
　你伸開的雙臂帶著向前的驅動力
　越過每一道讚嘆的目光

許多手機忙著點、按
閃光燈關閉，靜音模式
你無視於這些，兀自悠然地
趕著波浪的羊群
而小蚌殼聽著海濤聲睡去

——記 2022.4.21 參觀北師美術館・黃土水雕塑〈甘露水〉

6 月 20 日，《聯合報》副刊

詩人簡介

洪淑苓，臺灣大學中文系教授。曾任臺大藝文中心主任、臺文所所長與合聘教授。曾獲教育部文藝創作獎、臺北文學獎、優秀青年詩人獎、詩歌藝術創作獎等。著有新詩集《預約的幸福》、《尋覓，在世界的裂縫》、《魚缸裡的貓》與散文集《騎在雲的背脊上》等，並有學術專書《思想的裙角——臺灣現代女詩人的自我銘刻與時空書寫》等。

詩作自述

2022 年暮春午後，和雕像相遇於學院的畫廊。我故意先觀賞其他展品，一次一次避開她凝視的目光，也一再從二樓展場俯瞰一樓的她。
如何描繪我心中的悸動啊。
終於，我走向她了，駐足，和她對望。然後環繞著她，慢慢移動腳步，細讀百年來每一寸時光。

未來號

凌性傑

這一天，死亡纏繞家園
遠方的雲霞燃燒殆盡
天使將灰燼灑落人間
我揣著一架紙飛機
上面寫著未來號
沒有時間回頭，只能
往更虛無的地方奮力奔跑

當所有練習都已成真
我甚至來不及擦去淚水
就在生與死的間隙
跟著陌生人躲進防空洞

黑暗裡睜大眼睛仍看不見未來
未來的影子與我錯身而過

太過暴力的和平鳥
已經默默飛去
我再也握不住
那架以未來為名的紙飛機

《台北大空襲》電玩戰火詩

詩人簡介

凌性傑，高雄人。現任教於建國中學。曾獲臺灣文學獎、林榮三文學獎、時報文學獎、中央日報文學獎、梁實秋文學獎、教育部文藝創作獎。著有《夜市少年》、《男孩路》、《島語》、《自己的看法》、《文學少年遊》、《慢行高雄》等。

詩作自述

想念的狀態依然完整，歲月悠長美好。偶然搭乘一架未來號班機，無意間回到過去，因而更加珍惜每一個現在。

病毒流浪記

孫維民

我已經流浪很久，太久
不記得何時開始、何處出發——
血潮喧譁，後退又前進
暖風反覆搖撼著肺葉
之後人類誕生

我曾穿過傷口，跟隨他
回到冰凍的河谷村莊。
不久，狼群撕碎他的肚腹
我於是抵達叢林和盛夏
棲居於嗉囊、孢子

我曾浮沉於液體中
在安靜的車廂與樂器中——
眾星輪流照耀，忽然
全數昏暗，極區位移
我降落在新生的山壁

我曾沿著甬道奔跑
與一支弩箭墜入夜色——
黃昏，僅存的船隻靠岸
官吏斥喝，奴僕顫抖
我被帶往宮廟、市場

我聽過頌歌及禱詞
各種隱晦、簡陋的語言
提到敵人和拯救……我沉默

在他們狹仄的體內
我還有工作

我看過強光與濃霧
將色彩及形象一概消除
若干年後，再度出現
像在另一則時空
與這枚星球無關

我曾遭遇狂亂的事：
毒劑噴濺、異族入侵
同胞們被殺戮、吞食
基因傳遞錯誤引發惡疾……
但我仍然存活

我曾在雲端滑翔
被一場風暴吹向赤道
輾轉進入猩猩和蟒蛇的巢穴——
男人及女人搭機離開，我
著床在他們的腦膜

月下，電梯不停升降
冗長的纜繩如抽搐的神經——
我在金屬表面靜止、喘息
幾乎滅絕，始終期待著
另一次浩壯的反攻

我也有短促的夢：
陽光與陰影拉扯、嬉鬧
像無害的對話，像花粉

悠閒地旋轉、接觸——
我的夢裡也有和平……

我已經流浪很久，太久
不知道何處何時終止
那並非我所能理解——
微小的身軀內，一個指令
我只服從那個指令。

7月7日，《自由時報》副刊

詩人簡介

孫維民，輔大英文所碩士、成大外文所博士，曾獲臺北文學獎新詩獎、《藍星》詩刊屈原獎、梁實秋文學獎、中國時報新詩獎及散文獎等，出版詩集《拜波之塔》、《異形》、《麒麟》、《日子》、《地表上》、《床邊故事》，散文集《所羅門與百合花》、《格子舖》。

詩作自述

未來，我們或許會更了解。

向時間抄截

宇文正

妳的人生再度陷入等待
震盪
反覆重刷接收所有郵件
待辦事項服務顧問廣告信貸
早晨和煦的陽光微涼的風
都像詐騙

微涼風中
走過空無一人的球場
審視一顆委靡的紅色籃球
心已掏空
靜靜沉睡在此很久了

曾在激情的手中彈跳
高飛
夏日午後陪伴一名孤獨少年
聽他心臟強勁的鼓聲

在變得焦躁以前
在終究要悲傷以前
妳拾起紅球遠遠遠遠地拋進了
那一天——

《創世紀》詩刊 秋季號

詩人簡介

宇文正，本名鄭瑜雯，美國南加大東亞語言與文化研究所碩士，現任《聯合報》副刊組主任。著有詩集《我是最纖巧的容器承載今天的雲》；小說集《臺北卡農》、《微鹽年代・微糖年代》；散文集《那些人住在我心中》、《庖廚食光》、《文字手藝人：一位副刊主編的知見苦樂》、《我們的歌——五年級點唱機》及傳記、童書等二十餘種。

詩作自述

每天上班前都要經過一片畸零地建造的籃球場，有時童子二三人鬥牛，有時孤獨中年人一枚，靜靜地投籃。某日球場無人，只有一顆洩氣的球，它看起來，很悲傷。

海

吳懷晨

海是永遠長不大的淘氣男孩
他隱藏自己的臉
沒人見過他的身體跟腳蹤
躲貓貓的童心，喜歡
促狹地把水潑向陸地
然後轉身就跑。
夏天時，熱氣太重他耐不住脾氣
就悶出逆時針風暴。
他其實又孤單，朋友只有白雲和海鳥
他其實又慷慨，所有神祕的、害羞的、擁有魔法的
幾十億年來從未上岸過的濕答答生物都被海收留。

夜裡
陸上的心事與汙水都排進汪洋
他在出海口分類人類曾經持有的
不屬於眼淚的他推送回岸
屬於眼淚的他就帶走。

7月25日，《自由時報》副刊

詩人簡介

縱浪人、山行者。

詩作自述

數年前步行基隆海岸時，見海廢而作，以童詩口吻。但〈海〉刊載副刊後，友人笑稱是作者自況，童騃脾性與內在乏匱，也無不可。

像雨

蕓朵

擋風玻璃上可以爬行水滴
透明如蟲
可以睡眠，種一些紅塵
可以隔著你的眼睛
與美人蕉對望
可以把路邊你的神情
當成石頭

可以驚豔一張美人臉
可以沉醉在歲月老去的皺紋
可以讓你可以把心捧住，又放下
可以。

在你的內在或是外在
我們可以回到最初的朝晨
通透而遠離
像坐在車內靜觀這個世間
剩下眼睛

詩人簡介

蕓朵，本名李翠瑛，臺灣臺中人，中文博士，散文曾獲全國宗教文學獎，書法曾獲全國書法比賽前三名等。出版詩集《舞截句》、《紫色逗號》、《雲間冥想》、《蕓朵截句》、《玫瑰的國度》等，詩論《石室與漂木——洛夫詩歌論》、《濛濛詩意——蕓朵論新詩》、《雪的聲音——臺灣新詩理論》、《細讀新詩的掌紋》等。

詩作自述

從車內往外看，擋風玻璃上的雨爬著彎彎曲曲的線條。想念一個人的時候，雨下在窗外，在大地，在所有你的影子的地方，在你的內心。雨是真實的，也是情感的，外在和內在共同構築一場看似實有卻又虛無的幻夢。

透過清澈透明的洗滌，渴望回到生命最初的純真，回到內心最初的感動。

宇宙曆

張寶云

我們準備旋轉融入億兆個音訊的孔洞中
淡黃色內裝的輕軌列車駛向月臺
我們彼此識與不識都成為一小團共伴者
街區、森林、海洋，後退成晃搖的心事
彷彿按錯響鈴下錯樓層
在旅途中又愛錯了幾個人
我抱著小孩想問上帝
這是否是一趟無重力航程
只有昏沉與昏沉
拋擲與被拋擲

《幼獅文藝》雜誌九月號

詩人簡介

張寶云，靈性名字是 PeMa，來地球出任務 73 次，此生以一個文學系教授的人設出沒在臺灣東部，寫過《鄭愁予詩的想像世界》、《顧城及其詩研究》、《身體狀態》、《意識生活》等書冊。曾和一些指導靈學習地球生存法則，例如釋迦牟尼佛、耶穌基督、驪山老母、賽巴巴、觀世音菩薩，目前在 Agni 的聖火傳承修習，意圖整合創作與靈性兩條道路，發展靈性詩學。

詩作自述

莊子曾告訴過我「野馬也，塵埃也」的視角伸縮轉換，101 大樓有時也等同一根牙籤。Agni 及指導靈團隊則協助我透視靈魂履歷的本質，與地球母親在一起，我試著與宇宙的本源連線以加速整體的更新。在調頻的過程裡有太多湧出的訊息需要被清潔，我加入一些水和鹽淨化意識中的一切，不再讓記憶重複播放，就從零到無限，再從無限回到零，0000。

不被聽見的音樂存在的可能性

陳怡安

深入民間的地下室裡
一間練團室按小時計費
準時沒有比較便宜
但是殺時間
也取不出卵
年輕只夠交換盛大的彩排

插電而後樂器復活
你喜歡親自調音
像是為新生的音符命名——
早晨伸開的第一個懶腰A
傾倒的山脈E

飽和的天氣將下起雨D
另外也有暫名未完成—日期
的 DEMO 躺在雲上
飄來飄去

這次的新歌軟硬兼施
歌詞關於一顆青蘋果
孤獨地掛在枝頭
強摘的憂愁
等待著時候成熟

如果一棵樹倒下，在深森林裡
「究竟有沒有人聽？」
吉他手問你

鼓手接完客戶的電話
下半場節奏全飛到天上
一隻永不落地的鳥
死於飛翔，當你正沉思
適合死的和弦進行
貝斯手說他要當爸爸了
這個月是最後一次

面對真正的誕生
譬喻之死亡只能沉默
頂天立地的第一次哭聲，不在樂譜上
它早在被命名之前
就已經存在

走出地下室時仍感到暈眩
嶄新的明日沖昏人
如果一棵樹倒下，在深森林裡
究竟有沒有人聽見：
未完成—今日—我

《乾坤》詩刊 春季號

詩人簡介

剛剛活過第一萬天，寫作近十年，所以開始相信時間的力量，她不只拿走東西也帶來禮物。出版有詩集《安好》、《我和我私奔》。

詩作自述

那間北車附近的地下練團室旁邊還有一間越南小吃，有一次我一邊吃著湯湯油油的食物，一邊看公車從高一點的地方輾過。一會兒後他們揹著樂器走出來，在路邊點菸。我揮揮手。因為隔著距離的關係，我可以輕易地相信，他們的不被聽見也好，我們的挫折也好，都非常美麗。憤怒而美麗。

全身的哭泣

解昆樺

這麼多患難
在最冷的日子來到
落日十字在邊界河流　破損　碎散
鶴嘴鋤般
把眾人雙眼插成犁地
飛射出的螺旋槳沉入我心
依舊打轉打轉——另一副落日的十字　墜落
墜落
一直引領我潛入河海　最深處
尋找遺失的天使

讓我們輕輕解開機師

最後仍牢牢纏捆駕駛盤的手
打開黑盒子裡的故事

正負極之間
接線通電流轉的不會是生死
而是死

就讓泅游回返的靈魂
用全身哭泣
說這充滿句點的遺言

5月3日，《中國時報》副刊

詩人簡介

於國立中興大學任教，出版有詩集《寵你的靈魂》，詩論專書《繆斯與酒神的饗宴：戰後臺灣現代詩劇文本的複合與延異》、《臺灣現代詩典律與知識地層的推移：以創世紀、笠詩社為觀察核心》。曾獲：中國文藝獎章、林榮三文學獎、全球華文星雲獎、臺北文學獎、高雄鳳邑文學獎、梁實秋文學獎。經營文藝 YouTube 頻道「解昆樺 - 讓故事、電影與詩聽懂你的生活」。

詩作自述

〈全身的哭泣〉為受難主題詩作，歸屬於社會現實題材，但在詩作中我隱沒了具體事件的名稱與時間。抹消了特定，卻不意在無窮，究竟能讓肉身之受難不在，也是詩語言所能追求的慈悲。佛與菩薩的慈悲，往往體現在一空間之渡化，或為人世，或為地獄，想來詩人之為詩，往往也在痛苦與悲戚之間，詩史之漫漫，又何嘗不是時間都渡不盡的紅塵？

遮斷和敞露——記阿美族的黑齒文化

吳俞萱

磨刀
斷七里香的腳
任火爬去
爬出焦黑的汁液
他們含住苦澀
拒絕
再說一個字
拒絕死亡散發的香氣
裹一層薄薄的炭灰
他們黑掉的牙齒

遮住自己吐露
沉重的意圖
遮住
沉默的腳

而後微笑
敞開所有的黑
信任美
在所有話語吐出之前
已經全然無用
已經走了夠遠

9月1日，《中國時報》副刊

詩人簡介

臺東人。著迷於自然與人性的荒野。著有《交換愛人的肋骨》、《隨地腐朽——小影迷的 99 封情書》、《對無限的鄉愁》等九本書。曾獲選美國聖塔菲藝術學院駐村作家、法國 La Porte Peinte 和紐約 Jane St. Art Center 駐村藝術家、東華大學「楊牧文學研究中心」青年駐校作家。目前就讀美國印地安藝術學院創意寫作研究所，持續追探情感的深淵、日常與神話的糾纏。

詩作自述

阿美族的傳統文化在地景和族人身上留下什麼痕跡？他們此刻的生活又創造了什麼新的神話？帶著這些疑問，我一邊閱讀阿美族的故事，一邊走進故事中的場景。在臺東長濱的寧埔村，昔日阿美族把遍植的七里香樹燒成炭來染黑牙齒，還把他們的部落取名為「Radai 七里香」。這一首詩是我和黑齒文化的對話過程，收錄於我的攝影詩集《暮落焚田》。

在海邊抄經

賴文誠

不動，亦不痛
我蜷縮著所有的風浪
試著學會一座海崖的靜坐
一些海砂吹進了我的眼睛
眼淚遂成為一片緩緩流動的沙灘
搬不開的礁岩，就讓它們擱著
如同擱淺，早已成為生活的日常

不言，亦不失
我觸摸著一些吐著泡沫的字跡
推敲它們堅硬的殼裡
是否藏起了我遺失許久的濤聲

留不住的潮汐，好像還有話要說
我以眼睛寫下的日出日落
彷彿漲退，都可以是一頁湛藍

一行始終猶豫不止的洋流
再度翻開了幾個入定多時的島嶼
海洋的呼吸愈來愈明顯了
像剛抄寫完一個躁動的浪花
才知道，溼透的
只有我最深邃的心

第 12 屆全球華文文學星雲獎創作獎 人間禪詩首獎
（此作品由公益信託星雲大師教育基金授權）

詩人簡介

仍將努力成為一首自己的詩！曾獲得時報文學獎、全球華文文學星雲獎、聯合報宗教文學獎與教育部文藝創作獎等多項文學獎，作品入選各種重要詩選，著有《詩房景點》、《詩說新語》、《詩路》、《如果，這裡有海》、《這個城市，有雨》等詩集。

詩作自述

這首作品，其實是加上了一些想像。海邊，常是我思索俗事與進行自我洞察的最佳地點。在創作此作品之時，先將自己身處的動盪環境設定成波濤洶湧的海岸。然後再巧妙地加上一些海洋的意象鋪陳此作品，最後再添入自己對禪理的淺顯頓悟，因而完成此作品。

我們呼吸同款的空氣

吳晟

你的口沫、我的鼻息、他的大小聲
善言，惡語，臭酸的話
在空氣中相互攪和
你打了個噴嚏
他放了個屁
我歎口氣
在空氣中混來混去

你家的冷氣機
我家的排油煙機
他家的摩托車
汽車、遊艇、貨車、直升機

每一堆垃圾的焚燒
每一處田地噴灑的農藥
每一間工廠排放的烏煙瘴氣
沒有誰家的空氣清淨機
可以完全過濾

我們呼吸同款的空氣

這裡的火山爆發了
那裡的沙塵暴又席捲
病毒從遠方
倏忽來到鼻孔
沒有誰，可以拒絕呼吸
沒有任何勢力可以阻斷風
四面八方迴旋

所以多種一棵樹吧
像多說一句好話
多營造一塊美麗的花圃
默默地吐露芬芳
多耕耘一畝友善的田地
像傳播著良言善語，溫潤美意
多守護一片綠野，一座森林
恰如守護世間
僅存的天然氣息
只因我們呼吸同款的空氣
渴望呼吸更好的空氣

3月4日，《自由時報》副刊

詩人簡介

吳晟（1944 年 9 月 8 日），本名吳勝雄，世居臺灣彰化縣溪州鄉圳寮村。1971 年屏東農業專科學校（現已改制為國立屏東科技大學）畢業後，任教溪州國中；教職之餘為自耕農，親身從事農田工作，並致力詩和散文的創作。 2000 年 2 月從溪州國中退休，兼任靜宜大學、嘉義大學、大葉大學、修平技術學院（科技大學）、東華大學等校駐校作家及專業講師，教授。1980 年應邀參加美國愛荷華大學「國際作家工作坊」，為訪問作家；2020 年東華大學授予名譽文學博士學位。著有詩集《泥土》（吳晟 20 世紀詩集）、《他還年輕》（吳晟 21 世紀詩集）；散文集《農婦》、《店仔頭》、《文學一甲子 I：吳晟的詩情詩緣》、《文學一甲子 II：吳晟的文學情誼》、《筆記濁水溪》、《我的愛戀我的憂傷》等。

本事（長詩摘選）

陳育虹

Sin is behovely.

——Julian of Norwich

之壹　太晚的故事

其實就在最初
那一刻，情節的走向
已經確定：幻滅的革命
失敗的烏托邦，禁止與試探……
這是一個太晚的故事
我必須對抗這樣的

感覺：晚了
我必須設想一個全新的
布局，一再重寫
讓一個老故事不可預測

必須拆解刻板的架構
不允許音步干擾
必須量化一切雙關的字彙
跨越文法，消除句逗
一行溶入下一行
如眾神的形體
那些曾經的天使
一個個異教神祇
男神，女神，雙性神
單一的，合一的

他們如此柔軟
如此自由，無血肉
掩護，無骨骼支撐
不受關節鐐銬
他們選擇自己的形狀
鮮亮或朦朧
膨脹或凝縮
在相互之內，之外
滲入，溶入，自在地愛
不留痕跡地恨

之肆　想像是一個子宮

想像是一個子宮

我沉浸在想像
像胎兒沉浸母體
不出聲，活著
想像滋養我
我寫花草，寫貓狗
寫革命與哲學
單單這一命題我沉思
苦久，閃避
遲於落筆

請允許我回憶那預期
會發生的，給我
一支筆寫出那最初之前
發生的——某種回顧式預期
某種記憶虛構的真實

如何天與地在最初之前
在混沌中割裂
那罅隙的薄光孵化了
你，我
一些全新的物種

之拾參　幾千億個我

或者這就是創造：
一個新陳代謝系統
地水火風隨機組合出
我，我們
原核細胞真核細胞一代代
我們自我分裂，變異

修補，吞噬
相互耗損各求生存
在想像的自主與任性中
迅速變成有機廢料

或者是這樣：
我，幾千億個我之一
我的孩子，幾千億個孩子之一
我的詩，幾千億首詩之一
我用我唯一的生命
描繪的一切，不論輕忽或
呵護都將一次次
被大洪水帶走
我將失去的何僅
只是你

或者，是否
曾經我曲解了劇本
誤判了角色
那不是一個傳奇故事而我
不是俠女
不該遊蕩在時間空間
在神魂的邊際
遊蕩，怔忡，迷失
蛇在髮間繁殖
欲望像花粉

之拾肆　歸零

曾經我一次次問

我自由嗎？我能一無束縛
詮釋我的角色嗎
被創造被安置被規範
我有自我嗎？不能
一再錯讀劇本
我必須歸零
封鎖記憶的黑洞
重新設定密碼，重新啟動
再一次放手創造自己

這是我的領悟：創造
無非破碎中的秩序
短暫呈現的平衡
一切必然又回歸侘寂
混沌，一

這是我的宇宙：
非善
非惡
生命與反生命力
拮抗著並行

不馴服於肋骨
或泥沙
在不完美中想像，創造
一時的完美
我，我們，注定是少數
注定必須一再重寫
自己，重寫那看不到結局的
未來的歷史……未來
如此

逼視我

節選自1月29日，《自由時報》副刊

詩人簡介

陳育虹。著有詩集《霞光及其它》、《閃神》、《之間》、《魅》、《索隱》等八本，另有日記體散文《2010陳育虹》。譯作包括安卡森詩集《淺談》、葛綠珂詩集《野鳶尾》、艾特伍詩選《吞火》等六種。詩集已有日譯、法譯及荷譯本出版，英譯本亦在進行中。2017 獲聯合報文學大獎。2022 獲梁實秋文學獎翻譯優等獎，以及瑞典文學獎蟬獎 Cikada Price。

詩作自述

樂園和失樂園可能只相距兩公分。我們用那兩公分的時空，想像、再造自己的花園。

大疫

林達陽

時間靜止在清晨
騎車經過空蕩蕩的市區

像一個憂鬱的溜冰舞者
在離家很遠的異地
滑過潔淨、無垠的鏡玻璃

7月4日，《自由時報》副刊

詩人簡介

高雄人，東華大學藝術碩上（MFA）。

曾獲聯合報文學獎、自由時報林榮三文學獎、時報文學獎、臺北文學獎等。入選九歌《華文文學百年選》、《文訊》「上升星座：1970 後台灣作家作品評選」、年度《臺灣詩選》、年度《散文選》。出版社華文創作書系主編。高雄市立圖書館董事。主持擦亮花火文學計畫。

Facebook：林達陽

Instagram：poemlin0511

詩作自述

渴望美與遠方，覺察時間與孤獨。疫情蔓延的那些年，這些感受格外清楚。

那段恐懼大浪來襲的日子雖然過去了，我想繼續記得那些近乎靜止的時刻。

屋漏無痕

須文蔚

一半瓦屋與一半平房
妳在五十年前擴建的臥房
梅雨季一到就充滿感傷
連牆壁向來多愁善感
總會淚痕滿布

我和陽臺上的灰鴿都不知道
妳總擔心孩子無法穿越
風雨、閃電和陷阱
我們總往天涯盡頭狂奔
到天黑時依舊貪玩在歧路
從沒看穿妳假裝不在乎的眼神

當妳老時我在銅鑼灣街頭
接到簡訊要我買
兩瓶萬里追風油治肩痛
其實早在妳負重買菜時
一次次把遠在天邊的風箏線扯回時
肩膀裡的韌帶早已撕裂

妳在我的夢中迷路
門窗毛玻璃上點點滴滴
畫不出回家的導航地圖
問我為什麼找不到進門的路？
原來是來不及撕去的春聯
灼痛妳的雙腳

一半瓦屋與一半平房
回到妳在五十年前擴建的臥房
屋漏無痕，在庭院中撿起蟬蛻
透明的軀殼再也擁抱不了
靈魂的重量，我再也不能在返家時
為妳抹去笑臉上的淚水

12 月 31 日，個人 Facebook

詩人簡介

須文蔚，詩人，國立臺灣師範大學國文學系教授兼文學院副院長。東吳法律系學士、政大新聞碩士、博士。創辦臺灣第一個文學網站《詩路》，曾任《創世紀》主編，《乾坤》詩刊總編輯等。出版詩集《旅次》與《魔術方塊》、研究《臺灣數位文學論》、《臺灣文學傳播論》、報導文學《看見機會：我在偏鄉 15 年》（時報文化）、繪本《月牙公主》等。

詩作自述

在蟾蜍山下的舊居僅有四坪大，母親與山爭地，兩次改建，勉強成為一座一半瓦屋與一半平房，兩層樓的「透天厝」，雨勢稍大，總會漏水，點點滴滴。小屋經文化資產保存，翻修一新。大疫年間，母親離世，雖然物換星移，屋漏無痕，僅以這首小詩懷念永恆的母愛。

傍晚

楊智傑

你正在上升，損失下頭的完美
不一會兒

一切已是蜂蜜兌涼水
人在人的空殼裡休息
被廣闊的謎繼續哄著
星空失去聽覺
今晚
遙不可及的幸福——皆不可見
而晚霞，晚霞狠狠地

辜負著人世
野貓
雜草、涼亭與街燈
都在上升……再看一會兒
再一會
我就關上了小門

3月14日，《聯合報》副刊

詩人簡介

楊智傑，1985年生，有詩集《深深》、《小寧》、《野狗與青空》。作品入選2017、2019《臺灣詩選》、《文訊》「21世紀上升星座：1970後台灣作家作品評選」等，獲邀任德國柏林文學協會駐會作家（2021）。

詩作自述

城裡人受暮色吸引，朝暮靄走去，想到開闊處，想更接近那美的成因。但從暮靄的觀點，人幾乎不曾移動，只是與近旁的高樓逐漸區分開來。

賣白蘭花的男人

——臺北速寫一則

翁茂格

一個扎根在城市中的植物學家
他靜默又謙虛地，坐在焦灼的車流背面
耐心擦拭著一枚纖弱花萼體內
低低旋轉的月亮

月亮仍很年輕，別在腰間發出玉的脆響
楔形的火焰舉起早熟的花冠
在無人指點的進退裏
悄悄鎖緊泥土晦暗的口音

不合時宜特指有悖於商品性
他沒有告訴妳：過於坦率的溫柔

也會被視作一種笨拙的挑釁嗎？
這無菌的樓群信奉中庸的秩序、克制的美德
——不要輕易碎裂啊
玉的聲音還很遠

在南京西路重複一項進入城市的儀式：
那些與他視線平行的膝蓋
日復一日掠過，他們輕盈、鮮豔
短暫而快樂，他們在捷運口交換自己
像在雨中交換一封空白的信

但他更願意陷入某只飛鳥的影子裏
落葉般的影子讓他短暫忘記時間正在研磨香氣
這根細細的鐵絲可串得起山海迢遞的心事？
他坐著抬頭望，天空像一扇虛掩的門

已經有許多花兒從他微汗的皮膚上落下了
他偶爾憂慮自己無力的雙腿、漸深的皺紋
卻常常，常常對一株白蘭心懷愧疚
——月亮在華燈中隱沒的時候
這城市變作他膝頭一塊發光的補丁

《文訊》雜誌 二月號

詩人簡介

翁茂格，資深河濱公園散步者，遊手好閒的風物觀察家，業餘脫口秀節目主持人。國立臺灣大學戲劇研究所在讀。詩作散見於《幼獅文藝》、《有荷》文學雜誌、《自由時報》副刊、《文訊》等。

詩作自述

有一陣子經過南京西路，常常能遇到那個賣白蘭花的男人。他倚著騎樓的牆壁坐著，很沉默，總是自顧自地用鐵絲串起散落的花朵，並不熱情地招攬客人。我有時好奇坐在那個位置上，看到的天空會是什麼模樣呢？花的香氣在窄窄的時空裡榮謝，像一種流動的度量衡，綿延在他的身體上。城市閃爍著千萬燈火，他只把自己拴進一輪彎彎的月亮。

附錄

在我和天空之間

——走進我的高中校園，找到當年躺著仰望星空的籃球場角落，再一次躺下，與今天的晴天白雲面對面。

林婉瑜

30年前我躺在這
看著星空
現在我躺下，在同一位置
那片熟悉的天空倏地逼近幾乎
碰到我的臉
然而隨即拉遠，假裝不認識我

在我和天空之間
「我可以流淚嗎？」我問那朵靜止的雲

雲只是回覆：
「我也趴在天空之上，俯看30年後現在的你。」

我和雲之間，空無一物
只有30年的時光橫亙
我們之間
我伸手觸摸時光
原來時光是許多的觸覺：
玫瑰的刺、鬼針草、混入碎玻璃的沙、藏在鋼琴琴鍵之間的刀片
時光是聽覺：從那樣的腳步聲聽出行走之人已經負傷
從鉛筆的沙沙聲響判斷這個冬天正在寫信還是寫詩
聽見一隻鷹飛過我和天空之間
聽見一片雪花
在降落的過程，大聲地對著大地
自我介紹

時光是許多的視覺
天空的臉正放映一齣黑白電影
瞳孔裡流動的彩虹
追看這世間無人聞問的悲喜

時光的布料還原為絲線的質感
日夜編織
為大海穿戴一些
為山陵穿戴一些
為我危脆的身體穿戴一些

而我明天要前往的遠方
也有海浪辛勤往復梭織
把一切還原成

無數裂解的碎片

在我和雲之間
有我還沒寫出來的詩
有哀愁的預感，失去的哀感
在我和天空之間
並非空無一物
有很多的尚未發生
有一些來不及，有一些看不見

雲詢問：「我可以流淚嗎？」
我還沒答應
已經下起了輕輕的雨
在我和雲之間
有風

微風、狂風
一陣一陣
神的嘆息

10月28日，《自由時報》副刊

詩評五篇

奚密
加州大學戴維斯校區傑出教授 Distinguished Professor

〈與詩人到濕地〉蘇紹連

「濕地」即「詩地」。這是一首向三位前輩詩人——洛夫、商禽、楊牧——致敬的詩。詩人彷彿在回顧自己的創作歷程，在前往「詩地」的路上，他如何受到三位前輩的深刻啟發：「他掌心皮膚的紋理像根鬚蔓延到你的手臂」。在意象和句型的塑造上，我們隱然看見三位詩人的掠影，聽到他們的回聲。例如第三節的意象：「雙掌併成一隻蒼鷹的剪影／從手指尖端，毅然飛出去」，呼應商禽早期的〈鴿子〉：詩人高舉雙臂，「如同放掉一對傷癒的雀鳥一樣——將你們從我雙臂釋放啊！」同時它也讓我們想起洛夫的〈時間之傷〉：「水面上／一隻巨鷹的倒影／一閃而沒」。而此詩開頭兩行：「發生在前往濕地之途／你遇見詩人，姓名二個字」讓我們想起楊牧的敘述語氣，如〈會話〉的：「這件事發生在普林士頓」或〈黃雀〉的：「有人從黍稷田裡歸來」。透過超現實意象，詩人揉合外在景物和內心世界，以文字滲透非文字的世界：動如蒼鷹，彈塗魚，水黽；靜如「梳子上的月光」。

洛夫和商禽皆是現代漢詩史上最優秀的超現實主義詩人。至於楊牧，雖然論者多著重其浪漫主義的美學取向，其實他也接受了現代主義——包括超現實——的洗禮。洛夫曾言，西方的超現實主義和東方的禪宗在精神上是相通的。詩的最後一節正流露出濃濃的禪味：「詩人走了之後／你忘記了詩人是誰」。重要的不是哪位特定的詩人，而是讓詩滋長的土壤。就讓所有詩人都相忘於「詩地」吧！

〈缽〉零雨

此詩的中心意象，缽，具有雙重意涵。一是缽盂，盛飯的碗。因此，詩的第一節有「吃下三碗飯」的意象。但是，這個日常生活中常見的盛器也用來盛「痰、咳嗽、洗澡水、憂鬱」。迥異於臺灣現代詩的抒情傳統，詩人有意識地以反抒情的筆觸來寫詩。

例如，三個平凡瑣碎，甚至令人不快的意象之後，「憂鬱」的出現已祛除了現代詩中慣見的抒情氛圍，而只是一種平淡的事實的陳述。從吃飯，詩人聯想到M。「家族的遺傳」告訴我們M應該是「母親」的縮寫。相對於具有賢妻良母傳統美德的母親——縱然那意味著委屈求全，壓抑自我——詩人對家族傳統有些抗拒，她接受的「最多一半」。

鉢的第二重意義是衣鉢。詩人從自己的家「走出去」，捧著鉢朝廟宇的方向獨自前行。詩後半的語境從家族的傳承轉換到禪宗的衣鉢相傳。這條「皈依」的路，一方面是自己的選擇（「沒等他們的命令」），一方面「迢遙且孤單」。然而，她「以自己／炮製的語詞為樂」，這是一段讓她陶然自得，樂在其中的旅程。禪宗不信神佛，不立文字；它強調的是見性，是頓悟。寫詩又何嘗不然？不迷信大師，不執著典範。詩末表達了詩人終將為灰色的廟宇添顏加色的決心：「且等著我啊，塗上別樣顏色」。〈鉢〉可視為一首「論詩詩」，西方文學傳統裡的 Ars Poetica。我們可以肯定的是，從八十年代至今，零雨的作品已經在詩的殿堂裡留下了一道絢麗的色彩。

〈在我和天空之間〉林婉瑜

這段「我」和「天空」的對話具體而微的描寫了詩人的人生歷程和精神境界。三十年讓她從一位少女轉變為一個擔負著生活重任的成年人，人生從來不乏挫敗，傷痛，遺憾——那些「無人聞問的悲喜」。詩人訴諸三類感官意象——觸覺，聽覺，視覺——來表現主題。第一組觸覺意象充滿了殺傷力：「刺」，「針」，「碎玻璃」，「刀片」。然而，即使她「已經負傷」，詩人仍嚮往與追求一種高潔的精神境界，如鷹的翱翔，雪的飄逸。即使她輕如一片雪花，卻要在緩緩落下之際「大聲地對著大地／自我介紹」。這個弔詭的意象流露出詩人的自我期許和自我肯定。同樣的，她「危脆的身體」可以和「大海」、「山陵」並置；她與天空及雲彩的對話意味著它們不再是遙遠的天象，而是坦然互動的親密朋友。這點也反映在首尾對稱的結構上。第二節詩人說：「『我可以流淚嗎？』我問那朵靜止的雲」；最後一節他們位置互換：「雲詢問：『我可以流淚嗎？』」詩人用擬人化的手法寫天空和雲彩，它們既是見證也給予同情。

結尾將風比喻為「神的嘆息」，流露了對人世間的悲憫。

對詩人來說，無論是信箋還是詩作，書寫即自我審視與療癒。

〈海蝕洞〉然靈

這是一首充滿異想奇趣的詩。第一句「當我想沒入海底」表達了「我」的憂傷。是什麼樣的憂傷——「一座海的憂傷」——大到需要整個海洋來容納？是什麼樣的憂傷讓她丟失了心臟，空無所有？接下來的一連串意象鋪陳為一幅超現實的畫面，包括大海化身為豚，海豚穿過「我」的心臟的破洞，兩者共同構成的X圖像和「用否定肯定」的矛盾修辭。雖然海豚和其他海洋動物暫時填滿了她的空洞，它們終究無法為「我」帶來癒合。直到她經歷了許多「一次次活、一次次感受到死……」之後，才碰到了填補心中空洞的「你」。為什麼是「蜷縮」的你？這個意象暗示「你」和「我」一樣，也是一個受過傷的人。

當我們想到多少愛情因為關係中的不平等而造成傷害，導致分手時，似乎受過傷的「你」才能真的和「我」同病相憐，相濡以沫。詩最後一行的「無心之過」是個雙關語，其幽默為這首憂傷的詩帶來一些化解和昇華。在此意義上，這是一個圓滿的結局。

〈藍色的媽媽〉潘家欣

詩人用奇妙的意象和童稚的語言建構了一個可愛的童話世界。那是一個所有孩子都渴望的世界，而每個人——即使是成年人——的心中不仍住著一個孩子嗎？詩人用多層次的藍勾勒出一幅畫：藍天和白雲，海洋和游魚，「藍莓色的吻」，雨前煙灰色的天。在這裡，藍色不代表憂鬱，而是無拘無束，無憂無慮。母親無疑是最貼切的象徵，因為她是生命的搖籃，是溫暖，關懷，無止盡的愛的泉源。最後一節詩回到現實。更多的時候，母親是規則的制定者和執行者，她會逼孩子吃飯，不讓孩子吃太多糖……。

即使是孩子，也知道生活不是卡通的世界，藍色的母親是不切實際的幻想。因此，詩的結尾說，一年只有兩天母親才會變成藍色。即便如此，有了想像力，一切都有了！

二魚文化　文學花園　C152

臺灣詩選 2022

主　　編　林婉瑜
特約編輯　王筱筠
封面設計　林婉瑜

出版者　二魚文化事業有限公司
地址　台北市文山區興隆路 4 段 165 巷 61 號 6 樓
網址　www.2-fishes.com
電話　(02)2937-3288
傳真　(02)2234-1388
郵政劃撥帳號　19625599
劃撥戶名　二魚文化事業有限公司

總經銷　大和書報圖書股份有限公司
電話　(02)8990-2588
傳真　(02)2290-1658

製版印刷　彩達製版印刷
初版一刷　二〇二三年五月
I S B N　978-986-98737-7-2
定　　價　370 元

本書獲臺北市政府文化局贊助出版

國家圖書館出版品預行編目 (CIP) 資料

臺灣詩選 . 2022/ 林婉瑜主編 . -- 初版 . -- 臺北市 :
二魚文化事業有限公司 , 2023.05

278 面 ; 14.8*21 公分 . -- (文學花園 ; C152)

ISBN 978-986-98737-7-2(平裝)

863.51　　112006976

The Best Taiwanese Poetry, 2022

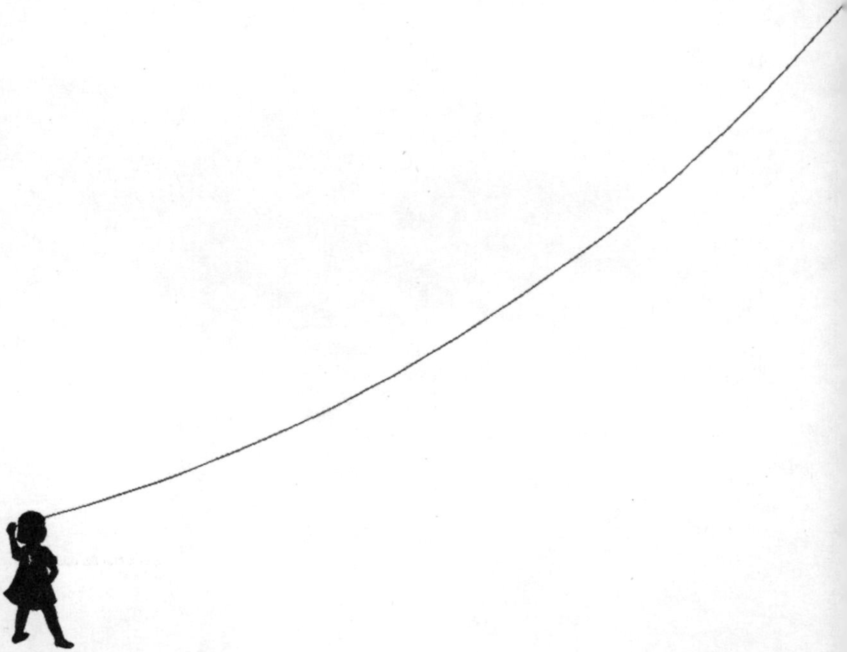